女主人

女主人＊目次

第一章　女神の就任

I

「お嬢さま……」

国際電話をかけてきた小島兼作《こじまけんさく》の声が掠《かす》れている。

そして、そのひと言で言葉が途切れた。

「どうしたの？」

君塚瑠美《きみづかるみ》の滞在しているドイツは夕方だ。日本は日付が変わったばかりの深夜だろう。

「社長と専務が……」

重い声だ。悪い知らせだろう。

瑠美は日本各地にチェーン店を持つビアレストラン・アンバーのひとり娘だ。社長というのは瑠美の父元寿《もとひさ》、専務とは母の奈津子《なつこ》のことだ。

小島は副社長で、アンバー創立当時から、元寿の片腕として三十年以上働いている。

「パパとママがどうしたっていうのよ」

もどかしさに、瑠美はいらついた声で尋ねた。

「事故で……交通事故で……お亡くなりに……即死でした」

悪い知らせとはいえ、それほど最悪のこととは予想していなかった。

「パパもママも死んじゃったってこと？　まちがいないのね」

受話器を握りしめながら、瑠美は精いっぱい冷静を装った。


一年ぶりの帰国だ。

五月というのに、いまにも雨が降りそうにどんよりしている。

成田国際空港で瑠美を待っていたのは小島だった。ひと昔前の俳優といった整った顔だ。

七十歳になる小島は、いつも背中をピンと伸ばし、歳より若く見える。だが、その矍鑠《かくしゃく》たる紳士が、きょうは老けて見える。素晴らしいロマンスグレーも、ただの白髪にしか見えない。

「ほかの人を寄こせばよかったのに。いくらでも人はいるでしょ」

君塚家というよりアンバーの一大危機に、いまはトップの副社長の小島が成田くんだりまで出かけている暇はないはずだ。

生涯独身を通している小島は、アンバー経営に元寿とともに心血注いできた。ここ十年ばかり、広い君塚邸の離れに住んでいる。瑠美にとっては身内のようなものだ。

「どうしてもお話ししておきたいことがございまして」

自分の半分も歳のいかない二十六歳の瑠美のスーツケースを、小島は下男のように受けとった。

憔悴《しょうすい》していると思っていた瑠美が、いつもの勝ち気さを全身に漂わせている。サングラスの下の瞳はよく見えないが、唇を見ている限り、沈んでいるようではない。とうに泣き疲れ、腫《は》れぼったい目をしているのだろうか。それを隠すために、季節的にはまだ早いサングラスをかけているのだろうか。

ついいましがたまで小島は、地味な服の帰国客ばかり探していた。それが突然、ゴールドの花の刺繍《ししゅう》の入った白いセーターに白のミニスカート、白縁のサングラスの女が鮮明に視野に飛びこんできた。それが瑠美だった。

乳房までの長さのソバージュ。均整がとれた躰《からだ》。玄人《くろうと》はだしのファッション。周囲の視線が瑠美に集まっていた。

いまも、近くを通る者の視線が、ふっと一瞬、瑠美にとまった。

（おおっ、イイ女だ……）

（素敵な人……）

男の目も女の目もそう言っている。

社長と専務の死という状況にもかかわらず、小島は瑠美の凜《りん》とした姿に震えるような感動を覚えた。

ほかの女とはちがう……。瑠美に対して小島がそう思うようになったのは、十年以上前だ。瑠美はいつも輝いていた。行動的で理知的で、誰もが真似しようにも真似できない、生まれ持った品格も備えていた。

いま目の前にいる瑠美は、女王の気魄《きはく》に満ちている。小島は跪《ひざまず》きたい衝動に駆られた。アンバーの副社長という肩書きなどないただの男であれば、そして、まわりにこんなに大勢の者がいなければ、小島はためらいなく瑠美にひれ伏していただろう。

「原《はら》さんはどうなったの。彼が運転してたんでしょ？」

原は元寿のおかかえ運転手だ。

「社長がご自分で愛車を運転なさっていたんです。専務を助手席に乗せて……原は自分が運転していたらこんなことにはならなかったのにと、ひどく自分を責めております」

「ということは、パパがミスをしたの？　誰かほかに犠牲になった人がいるの？」

「居眠り運転で塀に衝突なさったようです。ほかに怪我《けが》人などはおりません。あのとき、社長はやけに機嫌がよくて、久しぶりに自分で運転したいとおっしゃったんです。それが……」

「そう。人様に怪我をさせなかったのは不幸中の幸いだったわ」

こういうときに他人の安否まで口にできる女の沈着さに、小島は新たに尊敬の念を抱いた。

他人が聞いていれば、瑠美を両親の死にも動じない冷酷な女と思うだろう。だが小島には、瑠美は帰国する間に十分に哀しみ、最後の涙の一滴までこぼしてしまったのだとわかった。

小島を乗せ、空港までベンツを運転してきた原が、瑠美の姿を認めて駆け寄ってきた。

「とんだことになりまして……申し訳ございません。本当にこんなことになってしまいまして」

四十歳になる原は上背はないが、筋骨逞《たくま》しい男だ。それがぺこぺこと頭を下げながら、自分のせいで元寿たちが亡くなったような詫《わ》び方をする。傍らを通っていく者たちが怪訝《けげん》な顔をしている。

原は頭を下げながら目尻に涙をため、それを拳《こぶし》で拭った。

「あなたのせいじゃないでしょ。ともかく急いでちょうだい」

原は慌ててスーツケースをトランクに乗せ、車を出した。

哀しみに打ちひしがれた瑠美を想像していた原には、いつもとさして変わらない凜然とした瑠美の態度が救いだった。

一年前に帰国したときより、瑠美はまたいちだんと成長している。瑠美と比べると、世間の二十六歳の女たちなど、まだまだ小娘にしか見えない。

君塚家のひとり娘だけに、両親は大学を卒業した瑠美に婿をとってほしいと願い、何人もの資産家の男たちと会わせようとした。

それがわずらわしく、瑠美は絵を描きたくなったと、三年前に反対を押し切ってドイツに発《た》った。なかなか戻ってこない瑠美に、四、五カ月に一度は元寿と奈津子が会いにいっていた。瑠美の最近の帰国は一年も前のことだ。

瑠美は幼少のころから絵が好きで、小学校から油絵を習っていた。高校生のとき、権威ある賞を手にし、一躍脚光を浴びたほどだ。だが、ドイツでの暮らしは絵を描くためというより、ビール王国といわれる本場の国で、アンバーを日本でより発展させるための勉強をしたかったためだ。

つまらない男といっしょになるより、お手伝いでも雇って、自由にひとりで暮らす方が気楽でいい。アンバーの二代目社長となる婿をとるより、自分が二代目社長となって自由にチェーン店を切り盛りしたいと考えていた。

それが、思ったより早い時期になってしまった。だが、瑠美はたかだか二十六歳。しかも、三年も日本を離れていたとあっては、すぐに次期社長をというわけにはいかないだろう。

　副社長の小島兼作が次期社長に推薦されるはずだ。頭の切れる男でもあり、元寿からの信頼も篤《あつ》かった。反対する者はいないだろう。数年ぐらいなら小島に社長をやらせてもいい。両親を亡くしたばかりにもかかわらず、瑠美はそんなアンバーの将来のことを考えていた。冷酷というより、親不幸をして長く日本を離れ、思いがけないことでふた親を亡くしてしまい、まだそれに対する現実感がないせいもある。

　ふたりの死顔を見て、はじめて哀しみがこみあげてくるのかもしれない。小島の国際電話を受けてから、まだ夢のなかをさまよっているようだ。もうじき、慣れ親しんだドイツの、寝心地のいいベッドの上で目が覚めるのではないか。そんな気がしないでもない。

「お話ししておきたかったことと申しますのは」

　車が走り出して一、二分したとき、小島が口をひらいた。

「こんなときにと、お怒りになるかもしれませんが……」

　従業員の誰もが一目置いている小島。アンバーの社員だけでなく、バイト学生も、小島がいると緊張してしまう。そんな男が、娘といっていい年齢の瑠美に対しては、まるで僕《しもべ》といった態度だ。その口調も、畏《おそ》れ多いという感じだ。

　生まれたときから接している小島を、瑠美は小父《おじ》さんという感じで見ていた。それがいつしか、自分を見る目が変わってきたのに気づいた。畏敬《いけい》の念のこもった視線。たまたまふたりきりになったときの、年下の娘に対しては丁寧すぎる言葉。社長の娘に対するものとしても度がすぎている。

だが、そのうち瑠美は、それが当たり前と思うようになった。小島の遥《はる》か上に立っている自分を疑うこともなかった。

「話と申しますのは……今後のことでございます。私は副社長という大任を仰せつかっておりますから、社長と専務亡きあとは、私に社長をという話が出ないとも限りません。けれど、私よりもっと適した方がいらっしゃいます」

小島よりもっと適した者がいる？　瑠美ははじめて動揺した。そんなことを考えたことはなかった。小島より適任の者がいただろうか。そんな力を持った者がアンバーにいるだろうか……。

「その男に社長を譲ると言うの？　あなた以外に適任者がいるとは思えないわね」

小島の言う適任者が誰かわからない。それだけに、瑠美は阻止するかまえになった。

「男ではありません」

「えっ？」

「お嬢様ですよ。私は社長の器《うつわ》ではございません。七十歳になった私の力や発想はたかだか知れたものでございます。アンバーの将来を考えますと、次期社長はお嬢様以外にはいらっしゃいません。絵をお描きになっても一流の腕とお認めいたしますが、それは趣味にとどめ、どうかこの機会に、アンバーのためにお力添え下さい。私をはじめ、ほかの者に会社を任せるのは、けして社長と専務の本意ではないとはっきり申し上げられます」

いったい誰にアンバーを任せるのかと、小島の言葉にひとときでも動揺した自分がおかしかった。瑠美は唇に笑みを浮かべた。

「お嬢様、どうか引き受けて下さい」

次期社長にという言葉を、瑠美は冗談としか受けとめていないのではないか。小島は笑みを浮かべた瑠美を見つめ、拳を握った。

「お嬢様、どうか、お願いいたします。社長のたったひとりの忘れ形見というだけでこんなことを申しているのではございません。お嬢様には、アンバーをいま以上に発展させていくお力が、十二分におありなんです。ですから」

もうそれ以上言わなくていいというように、瑠美は軽く片手を上げた。

「あなたが社長を辞退すると言うのなら、私がなるしかないわね。あなたになら何年か任せていいと思ったけど、ほかの人には任せる気はないもの。あなたが辞退すると言うのなら、言われなくても私が社長になるしかないわ。ただ、みんながすんなり私に任せてくれるかしら」

やつれていた小島の顔がみるみるうちに生気をとり戻していった。

「お嬢様、私の人生でこんなに嬉しいことはございません」

感極まった小島は、瑠美の手を握った。だが、慌てて手を離し、瑠美にとってこの最悪の状況のなかで、何というヘマをやってしまったのかと悔やんでいた。

人生最高の喜びのあとは、こともあろうに、尊敬する瑠美の前で人生最高の無神経さを表してしまった自分への自己嫌悪だ。

「パパとママがいなくなって、あなた、嬉しいんじゃない？」

自分の失言に困惑し恐縮している小島がわかるだけに、瑠美はわざと意地悪く尋ねた。

「めっそうもございません……お嬢様が簡単には社長の座を引き受けて下さらないと思っていただけに、意外なご返事に、一瞬、この年寄りの頭がおかしくなったのでございます。どうか、お許しを……気を悪くなさらないで下さい。けして悪意があったわけでは……」

どうすれば瑠美に納得してもらえるかと、小島は言い訳を続けた。

「静かにして。家に着くまで寝かせてちょうだい」

瑠美は小島の言葉を遮《さえぎ》った。

ドイツと日本は八時間の時差がある。小島から電話があったのは夕方だ。それから荷物を詰めたりしていたので、朝まで寝る暇がなかった。それなのに、飛行機に乗ると目が冴えてしまった。やはり神経が昂《たかぶ》っているのだ。

「寝不足なの」

瑠美は目を閉じた。

「申し訳ございません」

小島はたび重なる失態に冷や汗をかいた。

瑠美は一、二時間の近場から戻ってきたのではない。それに両親の突然の死。いくらしっかりしているように見えても、二十六歳の瑠美の心と躰はクタクタのはずだ。

小島は目を閉じた瑠美の横顔を見つめた。

長い睫毛《まつげ》は専務の母親譲りだ。奈津子も美しい女だった。ただ、性格はちがう。

奈津子の専務という肩書きは表面だけのもので、経営に対する能力はほとんどなかった。

だが、瑠美は、一代でアンバーを日本でも指折りの外食産業に成長させた元寿以上の力を持っている。小島はそう信じていた。

専務代理が専務の仕事をしていたようなものだ。奈津子は飾られた人形にすぎなかった。

薄い化粧もいらないような透ける肌。日本人離れした鼻筋。意志の強そうな唇。豊満な胸の盛り上がり。白いミニスカートの上に乗っているすべすべの手の甲。肌を焼いても赤くなってまた元に戻り、けして黒くならない。

肌の美しさと美形の顔は奈津子から譲り受けたものだとわかるが、意志の強さは元寿からのものだろう。

瑠美が小さいころは、膝《ひざ》に乗せたりして遊んだこともある。だが、こんなに眩《まぶ》しいほどに成長してからは、触れるほど近くでじっくり顔を眺める機会はなかった。

わずかに躰を寄せれば、瑠美に触れることができる。瑠美の体温を感じることができる。そんな瑠美の近くで一時間以上をすごせるかと思うと、元寿と奈津子が逝《い》ってしまったばかりだというのに、至福を感じる。七十男の鼓動が、恋する女とふたりきりになったときの十代のウブな男のように、滑稽《こっけい》なほど騒いでいる。

(お嬢様、老骨に鞭《むち》打って、今後は精いっぱいのことをさせていただきます。どうか、立派な二代目になって下さいますように)

ようやく瑠美のために働けると思うと、やはり哀しみや不安より、期待と喜びの方が大きい。小島はそんな自分に気づいて狼狽《ろうばい》し、元寿と奈津子に対する罪の意識を感じた。だが、あまりにも美しく賢い瑠美を間近で見つめていると、罪の意識はすぐに消え、息が苦しくなるほど切ない気持ちになってしまう。

この絹のような手をとって唇をつけることができるなら……。ハイヒールを脱がせてその足に唇をつけることができるなら……。いや、足でなくてもいい。せめて瑠美の匂いのするハイヒールに口づけすることができるなら……。

小島の鼻から荒い息が洩《も》れた。

2

一般家庭でも、一家の主《あるじ》が亡くなると、数々の呆《あき》れるほど面倒な手続きが待っている。アンバー取締役社長君塚元寿の、突然の死となればなおさらだ。

葬式がすんでからも、瑠美は落ちつかない毎日だった。

アンバーは全国規模の外食産業だ。いままでは関東に大きなビール工場まで持っている。ビールの輸入も手がけている。それだけに、二十六歳の瑠美がすんなり社長の座に収まることができるか疑問だ。

だが、結局、実力派の副社長の小島兼作の強い希望で、やがて瑠美の社長就任が決まった。

予想外の就任劇に、週刊誌まで飛びついた。

〈二十六歳超美人令嬢二代目社長に〉

〈美人社長の華麗なる経歴〉

そんななかで、

〈妖麗な令嬢に血迷った経営陣〉

などという、嘲笑《ちょうしょう》めいた見出しのものまであった。

〈血迷ったかどうか、これからのアンバーを見てるといいわ。私にはパパ以上の力があるわ。それを必ず世間に認めさせてあげる。これを書いた人は、将来の見通しもきかないヘボ記者ね。いつか笑ってあげるわ〉

勝ち気な瑠美は、新聞の見出しを見てフンと鼻先で笑った。叩かれるほど、躰の奥から力が湧《わ》いてくる。闘争心が剝《む》き出しになる。

「お嬢様、朝比奈《あさひな》興業のお坊ちゃまがいらっしゃいましたが」

住みこみのお手伝いが、リビングにやってきた。

「何しに来たの？　何の連絡もなかったわ。いきなり来られても困るわ」

智則《とものり》だと直感した。

ホテル、ゴルフ場などを経営している朝比奈興業の次男だ。元寿と奈津子が瑠美に推薦した結婚相手のひとりだが、瑠美には興味がなかった。

智則は野性味に欠けている。そんな男を養子にもらうより、ひとりで気儘《きまま》に自由にやっていく方がいい。

「断ってちょうだい」

夜の十時にノコノコとやってきた智則に呆れた。いつもより早く帰宅できたが、ようやくきょうの朝刊に目を通すことができたほどの多忙な一日だった。貴重な自分のくつろぎの時間を潰《つぶ》したくない。

「でも……ぜひともお嬢様にお会いしたいと……」

朝比奈興業の社長子息とわかっているだけに、いまさら追い返せないという、お手伝いの困惑が顔に滲《にじ》み出ている。

「仕方ないわね。待ってくれると言うなら、ゲストルームに通しておいて」

ほっとしたお手伝いが、軽く会釈して出ていった。

だが、瑠美はそのまま新聞の続きを読んだ。二十分ばかり待たせてゲストルームへ行った。

智則はほとんど無地に見える白っぽいグレーのスーツに白のワイシャツだ。いいものとわかるが、ネクタイも地味で遊びがない。こんな時期だからと気を遣っているのかもしれないが、瑠美の好みではない。

智則は緊張している。ハンカチをギュッと握りしめている。待っている間、さんざん汗を拭いていたのだろう。

身長百七十センチ弱の小柄な男だ。色白でまあまあの美男で、悪いことはできないという目をしている。やさしいというより、やや弱々しい感じの目だ。薄めの眉《まゆ》。鼻の下と顎《あご》の剃《そ》り痕《あと》もあまりわからない。そこから薄いと想像できる体毛。それが、さらに智則を柔弱な男に見せている。

「お待たせしちゃってごめんなさい。目を通さなくちゃならない急ぎの書類があったものだから」

「いえ、こんな時間に急に押しかけてきた僕がいけないんです」

淡いピンクとブルーの薔薇《ばら》にモスグリーンの葉の模様のスーツで現れた瑠美に、一瞬のうちにゲストルームが輝いた。

花瓶に盛られた贅沢《ぜいたく》な花も色褪《あ》せて見える。

ミニタイトの足を包んでいる白い網ストッキング。それだけで智則の鼓動が激しくなる。網ストッキングといっても、ただの大胆なものではなく、上品な模様が全体に適度に入った品のある洒落《しゃれ》たものだ。

スーツの下は、襟《えり》ぐりの広くあいたゴールドに近いボディスーツ。決まりすぎたファッションにも、智則は胸が苦しくなった。

瑠美と最初に会ったのは三年半も前のことだ。電気が走ったような衝撃を受けた。この人のためなら、どんなことでもしたいし、誰にも触れさせたくないとも思った。自分で触れることさえはばかられるようだった。ただ、自分のそばにいてほしかった。

だが、瑠美は半年後にドイツに発った。瑠美への気持ちを綴《つづ》った国際便を、いったい何通出したことだろう。

けれど、瑠美から来たのは、感情を交えない短い文面を記したクリスマスカードだけだった。それでも、瑠美が触れたカードだと思うと、手が震えた。

三通のクリスマスカードは、毎日手にした。頬《ほお》にすりつけ、心を乱し、瑠美のことを考えながら自慰に耽《ふけ》った。何百回となく……。

「思っていたよりお元気そうで安心しました。葬儀のとき、お話しする機会がなく、電話してもなかなか通じなくて……」

瑠美以外の者がとる電話で、いつも、電話口に出られない理由を丁寧に説明された。いきなり社長の座に収まった瑠美の立場を考えると、時期が時期だけに多忙なのはわかる。だが、智則はついに我慢できなくなり、故意に予約なしで自宅を訪れた。その方が会える確率が高いと思ったからだ。

「明るい服がお似合いです……素敵なスーツですね」

瑠美に見つめられると、まるで追いつめられた小動物のように竦《すく》んでしまう。智則は吃《ども》りそうになった。

「まだあれからひと月余りしかたっていないというのに、こんな服、非常識だと思ってるんでしょう？」

「いえ……社長となられたからには、いつまでも暗い顔をされても……」

「そうよ。これからアンバーを背負っていくんだから、前向きになるしかないのよ。あなたのスーツもなかなかの仕立てね」

智則はほっとすると同時に、スーツを誉められたことで有頂天になった。

「実はダンヒルなんです。軽くて着やすいんです」

「朝比奈興業は順調のようね。で、ご用は？」

ふいに、ご用は、などと言われ、智則は唾《つば》を呑《の》みこんだ。

「あの……改めてお悔やみを言いたかったのと、ドイツへのお手紙にも書きましたが……」

瑠美と智則は同い年だ。だが、口ごもり、上気している智則を見ていると、瑠美には年下の男のようにしか思えない。いかにも苦労知らずのいいとこの坊っちゃんという感じだ。

手紙に何を書いたの？　と言いたげに、瑠美は小首をかしげて見せ、わざと足を組んだ。ガーターベルトをしているので、ミニタイトの中のショーツが智則から見えるかもしれない。

思ったとおり、智則の視線が、瑠美の瞳の位置から下方へと一瞬のうちに移動した。ギョッとして大きく見ひらかれた目が、すぐにまた瑠美の瞳へと戻ってきた。それからまた、膝の間へと視線が動く。

智則の動揺が手にとるようにわかる。瑠美は智則の視線の動きがおかしかった。ダンヒルのスーツが何だというのだろう。女のスカートの中が気になるほかの男たちと同じだ。瑠美のウィンクひとつで骨なしになる、ただの可愛い男でしかない。結婚相手としては煩わしいだけだが、こんな智則の単純さを見ると、つい悪戯《いたずら》したくなる。

「亡くなられたご両親も……あの……のり気になってくれていましたし……それで」

喉《のど》を鳴らしている智則がおかしい。瑠美はわざとゆっくり足を組み替えた。

「あ……それで……ぜひ……」

智則は瑠美のスカートの奥にたじたじだ。臀部《でんぶ》の付け根の太腿《ふともも》が見え、白い模様入り網タイツがパンストではなく、ガーターベルトで吊られている。ガーターベルトなど、玄人の女がするものと思っていた。雑誌で見たことしかなかった。けれど、瑠美はまちがいなくガーターベルトをしている。

自分の場所からそれが見えていると言うべきだろうか……。頭に血が上っている智則は喉がカラカラに渇いた。

「あの、落ちついたら……」

紅潮している智則に、瑠美は動け船を出した。

「つまり、養子にくるとでも？」

「ええ、そうすれば瑠美さんの力になれると思います」

智則にとって、期待と不安の一瞬だ。

「私は結婚なんて考えていないの。前にもそう言ったような気がするけど。ひとりの方が気楽でいいのよ」

すぐにこの場でいい返事が聞けるとは思っていなかったが、やはり智則は落胆した。しかし、ほかに好きな男がいると言われるよりは救いだ。

「あなたにはいくらでもいい人ができるはずよ。朝比奈財閥の息子さんだもの。たくさんのお嬢様のなかから、上品でやさしい人を選ぶといいわ」

智則は、もはや自分以外の女には興味がないはずだ。それだけの自信のうえに立って、瑠美はゆったりと言った。

「いえ、ほかの人になんか……」

思いどおりの言葉が返ってきたことで、瑠美は智則をからかうつもりで、大胆に足を組み直した。

（おおっ！）

右上だった足を下ろした瑠美が、左足を膝よりうんと高く上げて右足の上に乗せた。空に浮いた足の白いガーターベルトと、その奥のややグリーンがかったショーツ。それを目にしたとたん、頭が破裂しそうになった。

「あら、もしかして見えた？」

瑠美はスカートの裾を押さえた。

「い、いえ……」

額に汗を滲ませ、鼻息が荒くなっている智則がおかしい。

「私って、お行儀が悪いの。よく父と母に注意されたものよ。どこにもお嫁に行けませんって。そのとおりだわ。でも、行くつもりなんかないもの」

「だから、僕が……あの……養子に……次男ですし、父も母も、瑠美さんとなら仕方がないと言ってくれてますし……」

ほかの女が同じことをしたら、智則は顔をしかめるところだ。しかし、瑠美ならもっと行儀が悪くてもいい。大胆に足をひろげてくれた方がいい。三年半も瑠美を待っている。瑠美の秘園を想像し、自分の手で精液を吐き出してきた。

見たい、ソコを見たい。智則の胸が喘《あえ》いだ。

「私となら仕方がない？　それは気になる言葉ね。仕方がないじゃなくて、どうしてもと言ってくれなくちゃ、私、スタートにも立てないわ」

失言に気づいた智則は、いっそう拳を握りしめた。

「あの……僕は口べたで……」

ほかの女とならもっと自然に話せるのに、どうして瑠美の前では緊張するのかと口惜しい。乾いた唇を湿らすために、コーヒーカップを手に、ほとんど残っていない冷め切っているコーヒーをすすった。指が震えた。

「コーヒーおかわりかしら」

「いえ……もうけっこうです」

「じゃあ、私、まだ仕事の続きがありますから」

「あ、あの……図々《ずうずう》しいようですけど、お水を一杯いただけたらと……」

どうしてコーヒーのおかわりをしなかったのかと、また智則は自分のヘマを悔やんだ。せっかくふたりきりで会えた。こんなことは三年ぶりだ。一分でも一秒でも、ここに長くいたい。

「まあ、お水？　薄い水割りの方がよろしいんじゃないの？」

「えっ？　ええ……でも……いいんですか？」

「一杯だけならおつき合いしてもいいわ」

お手伝いにミネラルとアイスを持ってこさせ、瑠美がウイスキーの水割りを作った。

「薄いのでいいのね？」

「ええ」

瑠美が自分の手で水割りを作っている。いかにもお嬢様にふさわしいほっそりした長い指だ。智則は瑠美の心の至近距離に近づけたような気がして夢見心地だった。

「きれいな指ですね。指のサイズ、おいくつですか」

「どの指？　親指かしら」

好みではない指輪でももらうことになっては大変だと、瑠美ははぐらかした。

ごく薄い水割りを作った。そして、グラスの縁に口をつけ、わざと味見した。

「少し薄すぎたかしら……？　呑んでみてちょうだい」

それを智則の前に置いた。わずかに口紅の痕がついている。

智則の視線は紅のついた一点を見つめた。汗の噴き出す指でグラスを持ち上げ、瑠美が唇をつけた場所に自分の唇をつけた。その瞬間、瑠美が足を組み直した。

かすかに鼻腔に触れたようなグラスの紅の匂いと、太腿の奥のグリーンがかったショーツの色に、智則の全身に電流が走った。新たに汗が噴き出した。股間がもっこりと立ち上がった。

グラスを唇に当てたまま、智則はハンカチを股間に置いた。瑠美が見つめている。身動きできない。

「本当に申し訳ないけど、今夜じゅうに目を通しておかなくちゃならない書類があるの。失礼するわ。もっと呑みたいならご自由にね」

笑みを残した瑠美がソファから立ち上がって出ていった。

一秒でも瑠美と長くいたいと思っていた智則だが、いまは瑠美から離れられたことでほっとした。ともかく、まず水割りを呑んだ。

股間に目をやると、いかにもハンカチの置き場所が不自然だ。疼《うず》く肉茎をなだめ、智則は逃げるように君塚邸を辞した。

3

ビアレストラン・アンバーは、都内には、銀座、新宿、渋谷、吉祥寺などに数店舗を持っている。焦茶色のレンガ造り。まずそれが目印だ。

午前十一時にオープンし、零時に営業を終える。店長やレジ、厨房《ちゅうぼう》はほとんどが正社員だが、ボーイの大部分は大学生のバイトだ。

バイトが多いとコスト削減につながる。やや高めのバイト料で求人を募《つの》り、優秀な人材を集めている。

多くの外人客に対応するため、語学堪能な者でなくてはならない。英語以外のドイツ語、フランス語などを話せる者が、それぞれの店舗には必ず揃っている。

語学力と容姿は、アンバーでバイトするために必要不可欠のものだ。だから、アンバーでバイトしている男は女たちにもてた。

外人客も多いが、女同士の客も多い。女同士の客は学生から年輩者までさまざまだ。恋人探しの学生から、ツバメを探す感覚の年増女までというところか。

「あ、社長、いらっしゃいませ」

いつテレビや映画から誘いがきてもおかしくないような銀座店の美男のドアボーイが、緊張した面持ちで瑠美を迎えた。

「どう？　お客様の入りは」

「いつもいっぱいです」

「そう。あなたの顔を見て入ってくるお客様もいるんじゃないの？」

「いえ……そんな」

今年大学に入学したばかりの、まだ十九歳の岡村広樹《おかむらひろき》の戸惑いがおかしい。父親の仕事の都合で小学生から中学生までの四、五年をアメリカですごしたというだけに、英語の発音は文句なしだ。

すらりとしたボディにぴったりの、茜《あかね》色のコスチューム。この上品で目立つ色の制服も評判がいい。アンバーでバイトしている者たちには誇りの制服だ。

「バイトは楽しい？」

「ええ」

「夏休みも働いてくれるの？　それとも彼女と旅行にでも出かけるの？」

「田舎に帰りますが、できるだけバイトします。させて下さい」

コチコチになっている広樹が可愛くて、瑠美は彼の片手を、そっと両手で包みこむようにした。汗ばんでいる。

「夏休み、お願いよ。長く頑張ってくれる人には特別手当を支給するようにするから」

囁《ささや》くように言うと、広樹の息が乱れた。

評判の美人社長から手を握られ、特別に声をかけてもらったという名誉に、広樹の頭は熱くなり、今にも舞い上がりそうだ。

「美人社長に会ったことはあるのか」

彼がアンバーでバイトしていると知ると、学生たちは誰もがそう聞く。それほど瑠美は有名な女になっていた。瑠美が帰国して、まだわずか一カ月半だ。

瑠美は手を放すと、頑張ってね、とまっすぐに広樹の目を見つめて微笑した。これで広樹は彼の夏休みの最大限の時間をアンバーのバイトに費《つい》やしてくれるだろう。

広樹は優秀だ。女性客たちの好感も得ていると聞いている。失いたくない人材のひとりだ。

中は広いホールになっている。ここに限らず、どの店舗も天井は高い。二階分を一階として使っているので、よけい広く見える。

アンティークなシャンデリアが下がっている。一歩中に入れば、客たちは煩雑《はんざつ》な外部と遮断されたような安らぎを感じることになる。そして、この異空間には、ほかの店とはひと味ちがう優秀で見栄えもいいボーイたちが動いている。

そのボーイたちの視線が、入ってきた瑠美に集中した。その瞬間、社長だという緊張が走った。

客のなかにも話題の瑠美が入ってきたのを知り、連れに知らせる者がいたりする。

白いシルクのブラウスに、膝のやや下までの黒地のスカートとボレロ。おとなしく上品な服装だが、目立つ顔立ちの瑠美が着れば、それさえ派手に映ってしまう。

厨房へ向かっていた瑠美は、軽く手を上げ、笑みを浮かべている男と目が合った。どこかで会ったことがあるような気がしないでもない。だが、はっきりしない。

瑠美は小首をかしげた。

「朝比奈哲志《てつし》です。智則の兄ですよ」

「ああ、だから似てらっしゃるのね。はじめまして」

智則とどこか似ている。だから、どこかで会ったことがあるような気がしたのだ。だが、柔弱な智則とはまるで雰囲気がちがう。智則より体格もいいし、剛健な気性に見える。智則がこんな男なら、瑠美はつき合ってみようという気になったかもしれない。

「お料理の味はいかが？」

「うまいですよ。どれもいい味だ。特にこのスペアリブ。これはほかじゃ食えない」

「そう言っていただけると嬉しいわ。係の者に伝えておきます。白ワインやトマトケチャップ、ショウガやレモン汁、お醤油、そのほか沢山のものにつけこんでおくんです。下味がきいてますからおいしいはずです」

「そんなに企業秘密を洩《も》らしていいのか？　うちも飲食関係なのに」

「隠し味のほんの一部だわ。できるものなら、真似してごらんになったら？」

瑠美は自信たっぷりに言った。

「はは、果たし状をもらったようなものかな」

哲志は頼もしげに瑠美を見上げた。

「おひとり？」

「たまにはひとりもいい」

「そうね、おもてになりそうだもの。連れがいると煩わしくなるんでしょう？　じゃあ、ごゆっくり」

瑠美は厨房に向かった。

厨房の責任者から新しいメニューの説明を聞き、味見する。

店長からも話を聞いた。

一時間ほど滞在し、次は新宿店へ不意打ちをかけてみようと外へ出た。

「君塚さん」

男の声に振り向くと、朝比奈哲志が立っている。

「あら、どうなさったの？」

「なぜ金を取らないんです。レジでいらないと言われ、呑むだけ呑んで、食うだけ食った僕は恥をかいた。意地の悪い人だ」

礼を言われると思っていたが、意外な言葉だ。瑠美はその意外さが気に入った。

「せっかくご馳走《ちそう》したのに、意地の悪い女に見られちゃったの？」

「ご馳走される筋合いはないし」

「じゃあ、これから何か奢《おご》っていただこうかしら。そしたら気がすむでしょ」

「時間がないと言われても、無理にでも引っ張っていくつもりだった」

頼もしい男だ。たいていの男は瑠美を前にするとたじたじになるものだが、哲志は堂々としている。

「弟さんとまるで性格がちがうわね。で、どこでご馳走してくださるの？」

「近くのバーでうまいカクテルでもどうかな。この時間じゃ、飯はすんでるんだろう？」

哲志の行きつけというバーは、瑠美も何度か行ったことがある。だが、日本を離れていたので、かれこれ四年も前の大学時代のことだ。

世界カクテルフェスティバルで金賞を受賞したこともあるマスターは、まだ四十代。年輩の固定客だけでなく、若いカップルも多い。

「いらっしゃいませ。今夜はきれいなお方とご同伴ですか」

カウンターに座った哲志に、黒いスーツと蝶ネクタイの眼鏡のマスターが笑いかけた。

「この人が誰かわからないのか」

おしぼりを受けとりながら、哲志がマスターに尋ねた。

「もしかして、アンバーの若社長では」

「そう。当たりだ。弟がぞっこんでね。だけど、なかなかいい返事をもらえないらしい」

「ということは、未来の義妹《いもうと》さんという可能性も」

「さあてね。弟にはちょっと荷が重そうだ」

哲志の笑いに、マスターが肩を竦めた。

「若社長、何をお作りいたしましょう？　それとも、社長就任のお祝いに、こちらで何か作らせていただきましょうか」

「社長就任祝いじゃなくて、朝比奈家の御曹司さんとのはじめてのデイトのために、何か作っていただきたいわ」

「デイトか。そりゃあ、光栄だ。マスター、とびっきりうまいカクテルを彼女に作ってやってくれ」

哲志の口調は弾んでいた。

「ジンベースでよろしいですか」

「けっこうよ」

瑠美は哲志に魅力を感じた。こんな男となら面白く遊べそうだ。もともと誰とも結婚などしたくない。身のまわりの世話をしてくれる専業主婦ならもらいたいと思っているほどだ。

あのウブで脆弱《ぜいじゃく》な智則に、これほど積極的な兄がいたのかと、瑠美は不思議でならなかった。

ベテランのマスターのカクテル作りがはじまった。

ミキシンググラスに入ったたくさんの氷が、水で面取りされる。水切りされた冷えたグラスに冷凍庫で冷やされたドライジンが入れられる。続いてわずかに入れられるドライベルモット。ミキシンググラスに滑るように静かに入れられるバースプーン。

氷を傷つけないようにまわるバースプーンと、そのしなやかな指の動き。この静かで素早いステアによって酒のうまさが引き出される。ジンの持ち味を壊さないための基本だ。

一流のバーテンダーは、カクテルを作る動作そのものが美しい。手首のスナップ。美しいスクリューを描くスプーン。

無駄な動きがいっさいなく、見ている者が言葉を忘れて見入ってしまう。

冷凍庫で白くなるほど冷やされたグラスに注がれたカクテルに、ピンで刺した真っ白いパールオニオンが沈められた。

「どうぞ」

「ギブソンね。ありがとう」

「油絵はプロの腕前とお聞きしています。それでギブソンにしてみました。色のついたものや甘い女性向けのものより、辛口の方がお好みかと」

アメリカの画家チャールズ・D・ギブソンがこよなく愛していたと言われているカクテルだ。

「おいしいわ」

瑠美はひと味ちがうプロの作った味を楽しんだ。同じものでも、作る者によって、やはり味は変わる。一流の者が作れば一流の味になる。

「朝比奈様はマティーニでよろしいですね」

「彼にはドライの方よ」

すかさず瑠美が口をひらいた。

「それでも、これの方が強いわ」

哲志がクッと笑った。

「ここに引っ張ってきたのは俺の方だが、若社長はやたらカクテルに詳しいらしい。マスターと組んで、こっそり酔いつぶすというわけにはいかないらしいな。思っていた以上のレディだ」

マスターもつられて笑った。

ギブソンもマティーニも材料は同じだ。ただ、混ぜる割合がちがう。ギブソンはドライジンが全体の六分の五程度。マティーニでは四分の三程度。ドライマティーニでは五分の四程度となる。

瑠美はそこまで知っていて言っている。

「レディより弱いものを呑むのがエチケット違反なら、エクストラ・ドライ・マティーニを頼むしかないな」

ジンとベルモットの比率が十対一の辛口のカクテルだ。

「本当によろしいんですか？」

いつもマティーニを二、三杯おかわりして帰っていく哲志だけに、マスターは確認した。

「若社長に甘く見られちゃかなわないからな」

哲志は、作ってくれと、マスターに言った。

4

スイートルームから見る新宿の夜景は宝石箱のようだ。闇のなかで鮮明な輝きを放っている。動いていく自動車の赤いテールライト。東京の夜は眠らない。

「俺の方がくたばっちまいそうだ」

エクストラ・ドライ・マティーニを数杯呑んだ哲志は、ネクタイをゆるめながら大きな息を吐いた。

「ダウンさせて置いてくるつもりだったけど、さすがに朝比奈家の跡継ぎだけあるわね。見直したわ」

　次に行こうと誘われ、それが呑み屋ではなく、この高層ホテルだった。さりげない誘いに瑠美は乗った。

　口ごもりながら誘われていたら、そっぽを向いていた。それに、帰国してひと月半。二十六歳の女の躰が疼きだしている。哲志とならアバンチュールを楽しんでもいいという気になっていた。それは、アンバーで会った初対面のときからだ。

　それを知ってかどうか、あるいは、酒に酔った勢いでか、哲志はここまで瑠美を連れてきた。

「智則に電話して、俺と交代しなくていいのか」

「バカなこと言わないで」

「智則とキスぐらいしたのか」

「手も握ってないわ。ただ」

　瑠美はフフッと笑った。

「何だ」

「こないだ、智則さんが家まで来たのよ。約束なしで。そのとき、こんなふうに」

　ベッドに腰掛けた瑠美は、膝下まであるスカートを膝の上までずり上げた。

「このくらいのタイトミニだったの。で、こんなふうに」

大きく片足を上げて膝を組んだ。

「私の正面に座っている彼にサービスしてあげたわ。そしたら、彼ったら汗をびっしょりかいて可愛いの。あなたの弟とは思えないわ。私と同い年なのに、凄《すご》くウブで、まるで女を知らない中学生か高校生みたいなの」

「ウブでなくて悪かったな」

哲志はまくれ上がっている瑠美のスカートを、一気に腰までめくり上げた。

黒いガーターベルト。黒ハイレグショーツ。白い太腿。うまそうな美肉だ。

「いやらしい男」

「うんとスケベなことをしたいんだろう？」

哲志は瑠美を押し倒した。

「ふふ、したいわ。でも、智則さんが知ったらどうするの？　兄弟の間の殺生沙汰《せっしょうざた》かしら。それに、奥さんとの痴話喧嘩の可能性もあるわね。朝比奈家の御曹司とアンバー社長の不倫となると、週刊誌が喜ぶわ」

「そうだな、さぞ喜ぶだろう。だが、タダで敵に情報を持っていかれるようなヘマはしない。きみも利口な女だろう？　ともかく、たっぷりと運動不足を解消しようじゃないか」

唇の端で笑った哲志は、瑠美のセクシーすぎる唇を塞《ふさ》いだ。ほのかにジンの香りがする。

舌を入れると、たちまち瑠美の熱い舌が絡まってきた。口中を余すところなく舌が動きまわる。歯と歯茎の付け根をなぞり、舌を出しては唇をまんべんなく滑っていく。

哲志の肉棒はグイグイと成長していった。

そんなとき、キスに夢中になっていると思っていた瑠美の手が、ふいにズボンの上に置かれた。

「ふふ、ココは単純に可愛いじゃない。もうこんなになって」

私の勝ちよ、といった目で瑠美が哲志を見つめた。

「君のムスメも泣いて悦《よろこ》んでるんじゃないのか」

哲志も負けずにスカートの中に手を滑りこませた。しっとりしているショーツの舟底。布ごしにスリットを辿《たど》ると、かすかに瑠美の腰がくねった。

「濡れてるじゃないか」

「不感症じゃないもの。当たり前でしょ」

瑠美の方から離れた顔をくっつけ、ふたたび唇をむさぼりはじめた。

キスだけで汗ばんでくる。最高の唇だ。

キスをしながら、できるだけ顔を離さないようにして、お互いに相手の服を脱がせていく。

瑠美はビスチェとガーターベルトがいっしょになった、黒のスリーインワンをつけている。

シルクサテンの輝きが、瑠美の躰を高貴に見せている。

「アウターの下もなかなか洒落てるな。黒のシルクがいかにも誇り高き女豹《めひょう》という感じだ。ますます気に入った。智則には渡したくなくなった」

「弟と私をくっつけようとしてアンバーの偵察にきたわけ？」

瑠美の視線は妖しい。視線の奥には、いつも持て余すほどの色気が含まれている。

「まあ、そういうところだ。噂通りの女豹なら、あいつひとりでは太刀打《たちう》ちできないと思ってな。君がやってきたのはグッドタイミングだった。会えるとは思っていなかったからな」

「だけど、結局、何のために来たのか忘れて、私とベッドインってわけね」

「想像していた以上にイイ女だった。あいつには渡さない」

智則を敵にした言葉だ。

「妻子ある立場でよく言えたものだわ。ともかく、グッドタイミングってことは、こうなる運命だったたってわけね」

「ああ。君は智則より俺にぴったりということさ。何せ、天が味方してるとしか思えない」

ストラップを肩から滑らせ、乳房をつかみ出した。鞠《まり》のように大きな膨らみ。だが、けして大きすぎることはない。大きすぎる乳房は、ときには女を愚かしく見せることがある。だが、瑠美の乳房は十分に大きく、それでいて知性を損なわせる感じはしない。

乳暈《にゅううん》が大きい。哲志は大きな乳暈が好きだ。淡いピンクの乳暈を舌でなぞったあと、乳首を唇で挟んで吸った。

「あう……」

瑠美の手が、快感に合わせるように哲志の背中を強くつかんだ。

キスだけでコリコリとしこってくる乳首。哲志は舐《な》めまわし、吸い、甘噛《あまが》みした。

喘ぎながら、瑠美は哲志の股間に手を伸ばした。

すでに反り返っている剛棒をブリーフの上から確かめると、次に中に手を入れ、太いものをつかんだ。ようやく握れる距離だ。硬い。握り甲斐《がい》のある肉根だ。全体の形を掌で確かめた。亀頭、エラの張り具合、長さ、皺《しわ》袋の大きさ、その中に収まっている男玉の大きさ……。

全体を確かめたところで側面を握り、ゆっくりと上下させた。動かしにくい。離れすぎている。キスをしながらなら十分に届く距離だが、哲志の頭は瑠美の乳房の上だ。

哲志の口戯に、乳首の先から疼きが走っていく。

「アソコをオクチでしてよ。私もあなたのペニスを食べてあげる。でも、その前にシャワーを浴びたいわ。ね、お風呂で立ってしない？　シャワーを頭から浴びながら」

ペニスを放した瑠美は、哲志の頭に手をやって持ち上げた。

「頭からシャワーを浴びながらか。そりゃあいいや」

哲志は瑠美のハイレグショーツを抜き取った。細長い逆三角形の濃い茂み。瑠美の気性にぴったりの翳《かげ》りだ。

「ガーターベルトに濃いオケケ。剝き出しのオマ×コ。まさに男にとっては極楽だ」

まだ誘惑的な黒いストッキングをつけたままの瑠美の足を、哲志は大きく両手で押しひろげた。

「あう、何を意味のわかんないことを言ってるのよ。シャワーよ」

太腿を押し上げたまま、哲志は魅惑的な股間を見つめた。

黒い縁どりの内側で、ピンクの粘膜がねっとりと淫らに光っている。厚めの花びら。大きめの肉のマメ。それらはとびきりきれいな器官であるにもかかわらず、とことん猥褻で妖しい。強烈な力でオスを誘っている。

哲志は股間に頭を入れて匂いを嗅《か》いだ。クラクラした。めったにお目にかかれない最高級の女豹の器官の匂いだ。獣の匂い。淫靡な匂い。魅惑の匂い。この世で最高の興奮剤……。

肺いっぱいにメスの匂いを吸いこんだ哲志は、舌を大きく突き出し、濡れ光っている器官を舐め上げた。

「あう……まるで不能の年寄りみたいなクンニをするのね。汚れているほど、匂いがきついほどいいってやつ。あう……シャワーを浴びる前にすっかりきれいになりそうね。んんっ……いい気持ち」

押しひろげられているより、さらに大きく瑠美は足をひろげた。

「シックスナインするか」

蜜で口辺を光らせた哲志が顔を上げた。

「お断り。お小水のついているようなペニスを舐める趣味はないわ。シャワーのあとよ」

「チッ、勝手な女だ」

哲志はまた瑠美の女園に顔を埋めた。


せっかくのスイートルームだが、瑠美は哲志を残して午前三時前にホテルを出た。

家に着いて部屋に入ると、すぐに電話が鳴った。

「はアい」

てっきり哲志からだと思い、瑠美は軽い口調で相手に応えた。

「お嬢様、心配しておりました」

小島の声だ。瑠美は内心落胆した。

「部屋の明かりがつくのを待ってたってわけ？」

「はい」

「ずっと起きてたの？」

「はい」

「お手伝いさんに、遅くなるから先に寝てていいって連絡を入れてあるのよ。知らなかったの？」

「存じております」

「じゃあ、心配することないでしょ。運転手を帰してるのもわかってるでしょ。つまり、プライベートの時間を楽しんでたってわけ」

まるで幼い子供を心配している親のような小島がわずらわしく、瑠美はわざと意味深長な言葉を吐いた。

「もしかして、朝比奈様とごいっしょでは」

「あら、よくわかったわね。そうよ。いいじゃない。私に興味があるって言うんだから」

「朝比奈様は朝比奈様でも、智則さんではなく、ご結婚なさっているお兄様の方とごいっしょだったんですね」

ごまかしたつもりだったが、そうはいかなかった。

小島はアンバー銀座店に瑠美が行ったことを支配人から聞いたのだろう。朝比奈哲志という男が来て、その代金を受け取らなかったことも。そして、それからあとのことは、小島の勘にちがいない。

「まるで見ていたみたいね。そうよ、お兄さんの方といっしょだったわ。智則さんよりずっといい男なのよ」

小島の複雑だろう心中を考えるほど、瑠美は心が弾んだ。

「お嬢様、そんなことが公になったら大変なことになってしまいます。そうでなくてもお嬢様はいまや有名なお方になってしまわれたんです。あちらのご両親や奥様や智則さんに知られたら、どんなことになりますか」

「私も哲志さんも大人よ。哲志さんって彼の名前。彼って退屈しないの。ふたりともバレるような間抜けなことはしないわ。でも、別に、バレたっていいけど。ああ、眠い。休むわよ。あなたも早くお休みなさい」

瑠美は電話を切った。

小島の溜息が聞こえてくるようだ。瑠美を一段高い位置に置いて慕っている小島がわかる。

(あまり年寄りを虐《いじ》めちゃいけないかしら。まあ、そのうち少し遊んであげるわ)

久しぶりにたっぷりと男と愛し合った瑠美は、充実した気怠《けだる》さに包まれて、すぐに深い眠りに入っていった。

第二章　美少年狩り

1

　六月末になると、夏休み中のアルバイト学生の確保のために、アンバーでは臨時の求人を行う。

　半年ごとのバイト採用を行っており、前期が三月、後期が九月だ。半年採用ということで、優秀な者は残され、そうでない者は交代を余儀なくされる。

　二年、三年とバイトを続けられる者のなかには、ストレートにアンバーに就職してしまうものもいる。

　ビアレストランだけでなく、ビール生産工場も持ち、輸入も手がけているアンバーだけに、今後、さらに発展していく期待がかけられている。大企業に就職するのもいいが、自分の手でより大きな可能性を求めてみたいという者はアンバーに就職を決めた。

〈第二面接会場〉と書かれた本社の一室に、瑠美や小島、各店の支配人がずらりと座っていた。

　第一面接会場は語学力を試すもので、英語、ドイツ語、フランス語、ギリシャ語やスペイン語などに堪能な者が面接し、学生の得意とする語学で対話となる。それに合格した者だけが第二面接会場へ行くことを許される。

例外として、アンバーの求める雰囲気に合っていると思われる者は、さほど語学が堪能でなくても、よほど無能でなければ第二面接会場行きを許された。語学が堪能でも、あまりに雰囲気の合わない者は第一会場で落とされる。

ボーイではなく、皿洗いや料理の簡単な下拵《したごしら》えなどをする者は、語学はそれほど堪能でなくていい。だが、ボーイが急に休むことになり、ほかのボーイの都合もつかないようなとき、急遽《きゅうきょ》、茜色のコスチュームを着せられることがある。そんなときのために、裏方もほどほどの者を雇っている。

第二会場に来た者は、ずらりと並んだ男たちの真ん中に控えている瑠美に、いやがうえにも目が向いてしまう。

紫色のミニタイトのスーツ。黒地のブラウスには、赤と紺との大輪の花があしらわれている。ぴったりしたジャケットの胸元の下に隠れている乳房が、いまにも飛び出してきそうだ。

豊満な胸とセクシーな顔に、紫色の大胆なスーツがぴたりと決まっている。紫色は瑠美のための色のようにさえ見える。

「さあ、座って」

瑠美は自分と目が合ったことですっかり上がってしまっている学生を促した。

「安達英史君《あだちえいじ》。K大一年生。英語が得意なのね。でも、お父様は事業をやってらっしゃるようだし、生活費には困らないでしょう？　お小遣いにも困ることはないと思うけど」

「え……はい……でも……」

色白の肌のきれいな英史に化粧をしてカツラでも被《かぶ》せれば、女に見えるかもしれない。身長もせいぜい百六十七、八センチというところだろう。

「別に、みんな、お金に困るからバイトするわけじゃないわね。たとえ仕送りがたっぷりあっても、親だけに任せず、自分で働いて稼ぐってことは大切だわ。バイトもボランティアもしないような学生とは、私はあんまりお相手なんかしたくないの」

瑠美の言葉に英史はほっとした。

雑誌で見た瑠美に一目惚《ぼ》れした。テレビのワイドショーの一コマで、二十六歳で社長に就任したという話題の瑠美が映し出されたことがあった。キッと結ばれた瑠美の唇に表れていた意志の強さ、理知的な眼差《まなざ》し。いっそう英史は瑠美に夢中になった。

これまで理想だった売れっ子のタレントなど眼中から消えた。週刊誌に載っていた瑠美のスナップ写真を切り抜き、額に入れて部屋に飾った。

オナニーのときの相手は、もっぱら瑠美になった。瑠美に可愛がられながらイッた。瑠美に叱られて罰を与えられてイッたこともある。瑠美は英史にとってこの世で最高の女神だ。手の届かないところにいた女神が、いま、目の前にいる。それも、その昔、高貴な者にしか着用を許されなかった紫色のスーツを着て。女神の顔は輝いている。女神の乳房は、すべてを包みこむ偉大な母のものにふさわしく、スーツの下で張りつめている。目が眩《くら》みそうだ。

最初の面接で落とされたらどうしようと思っていたが、まずは合格した。だが、第二面接会場に瑠美がいるとは思わなかった。社長自ら短期のバイト学生の面接をするとは意外だ。

採用されたら、いつかは店で瑠美に会えると思っていた。瑠美に一度でも会いたかった。だから、バイトの募集に飛びついた。

それが、いきなり瑠美に会ってしまった。まだ心の準備ができていない。心臓が破れそうだ。腋《わき》の下の汗が、ツッとしたたっていくのがわかる。ますます焦る。

「きみにはアンバーのコスチュームが似合いそうね。でも、今回は例年より応募が多いの。みんなに働いてもらいたいけど、そういうわけにもいかないし、誰を採用するか決めるのが大変だわ」

みんな瑠美が目当てだ。英史はすぐにそう思った。採用されるかどうかは、天と地の差だ。ほかのバイトなどする気はない。瑠美が言ったように、英史はお金に困ってはいない。

仕送りでゆったり暮らせるし、二ＤＫのきれいなマンションに住んでいる。家賃も光熱費も電話代も、親の口座から落ちる。

瑠美の近くにいたい。それだけだ。バイトをさせてもらえるなら、バイト代もいらない。タダで働けと言われても喜んで働くだろう。

「ぜひアンバーで働きたいんです。入学前、友達と渋谷店に入って合格祝いをしたことがあります。そのときから、お店の上品な大人の雰囲気が気に入っているんです。ボーイさんたちもかっこよくて……ちょうどドイツ人の観光客がいて、ボーイさんはドイツ語がぺらぺらで……あのとき、国際的なお店だと思いました」

英史は無口な方だが、必死だった。こんなに自分から喋《しゃべ》ることはない。だが、こめかみから汗が流れた。

「まだ国際的なお店とまではいかないけど、そのうち、ぜひそんなお店にしたいわ。外国にも支店をたくさん造って」

瑠美のあとに、各店の支配人たちがいくつか質問をした。

2

七月に入った。梅雨《つゆ》には辟易《へきえき》する。だが、きょうは久しぶりの晴れ間だ。

「社長……」

本社を出たとたん、瑠美は声をかけられた。男の声に振り向くと、安達英史が立っている。

英史は、瑠美のやや後ろにいる副社長の小島を気にして、チラチラと視線をやっている。

小島のことは気になるが、意を決して声をかけたという感じだ。

「ええと、バイトの面接に来てた子ね」

「はい。安達英史です」

覚えていてくれたと、英史は単純に嬉しかった。だが、面接はパスしなかった。夏期のバイトには採用されなかったのだ。

バイトとはいえ、不採用の旨の通知が届き、いずれ機会があればと、丁寧な断り書きがしてあった。だが、英史は真っ暗闇に落とされた気がして、数日落ちこんでいた。

瑠美に直接会い、話すことができ、あんなに身近になったとたん、情け容赦なく引き離されてしまったのだ。

悩んだあげく、まだ夏休み前だということで、もしかして、いまならまだ間に合うかもしれないと思った。直談判《じか》だ。そこまで思いこみ、本社で瑠美を待ち伏せした。きょうで三日目だ。

駐車場は地下なので、運転手つきの専用の車を利用する瑠美と、なかなか接することができなかった。

「何とか雇っていただけませんか。僕……面接で落とされちゃって……ボーイがダメなら皿洗いでもいいんです。皿洗いのバイトもあるんでしょ？」

「ええ。でも、それも決まってるの」

「掃除とかは……」

育ちのいい英史が皿洗いや掃除でもいいと言っている。ここまで来て雇ってほしいと言っている。お金ではなく瑠美が目的だというのはわかりきったことだ。

「皿洗いも掃除も、きみのきれいな手が荒れちゃうわ」

必死なだけに英史が可愛い。

英史は合格ラインに上っていた。瑠美がＯＫを出せば採用だった。だが、瑠美には別の考えがあった。

まだ関係者に話していないが、あることを計画している。英史はその計画の方で使いたかった。

夏期バイトの募集には、呆れるほど多くの者がやってきた。容姿、頭脳とも甲乙つけがたい者たちが、最後にはドングリの背比べのように並んで残った。だから、英史を落としたところで怪訝《けげん》に思う関係者はいなかった。

「僕……どうしてもアンバーで働きたいんです……ほんとに掃除でもかまわないんです。バイト代はほかの人より安くてもかまわないんです……夏休みに行くところがないんです……お願いします」

夏休みには西海岸にでも行くかと言う両親の電話を、即座に断った。西海岸であろうとパリであろうと、そんな旅行より瑠美の近くの方がいい。

英史には瑠美のことしか頭にない。面接ではじめて瑠美に会ってから、前以上に瑠美への思いが強くなった。ひたすら思い焦がれている。

「困ったわね。面接は平等にするものよ。そうでしょ」

「また秋に後期の面接をするから、そのときに来てみなさい」

瑠美に思いを寄せているとわかる若い男に、小島はやさしく、しかし、きっぱりと言った。

英史は瑠美に救いを求める目を向けた。

「いまは時間がないの。急いでるからごめんなさい。でも、もし、今夜でいいなら、もう一度話を聞いてもいいわ。ただし、期待はしないで。それでもいいの？」

「は、はい」

憧れの瑠美と個人的に会える。そう思っただけで息が苦しい。英史の心臓は飛び出しそうなほどに高鳴った。

「そうね、出先から直行するとして……新宿のKホテルあたりはどう？」

「社長がおっしゃるところにならどこにでもお伺いします」

興奮のあまり、英史は肩で息をした。

「じゃあ、眺めのいいバーで夜景でも見ながらお話ししましょう。八時じゃ無理だわ。九時になるわね。いいの？」

「は、はい」

「きみが先だったら、何か呑んでなさい」

瑠美は英史に背を向けて歩き出した。

「お嬢様、あんなことを言ってどうなさるおつもりです。アルバイトを断った学生でしょう？　あんな若い男といっしょに呑んで、どうなるんです。いちいちつき合っていたら身がもちません。そうでなくてもお忙しいというのに」

小島は英史との面談をとめようとしている。

「商売柄、若い子の話を聞くのも大切よ。年寄りの話もいいけど、若者の話はキラリと輝くものだわ。アイデアを無償で提供されることもあるでしょう。そうなれば儲けもの。副社長なら、頭はいつも柔らかくしておかなくちゃ」

瑠美は小島の意見を無視した。

高層ホテルの最上階にあるバーのカウンターで、英史は瑠美を待って緊張していた。

夜景が美しいと評判のバーだ。だが、英史には外の景色など目に入らなかった。本当に社長が自分のような学生のために時間を割《さ》き、ここまで来てくれるだろうか。期待のあとは不安だけだ。約束の九時は二十分も過ぎている。泣きたくなった。

瑠美が来てくれるなら、たとえバイトを最終的に断られても、一生の甘い思い出になるだろう。そのためにも、いっしょに並んで写真を撮りたい。英史は瑠美に会うために改めてスーツに着替え、使い捨てカメラをポケットに忍ばせていた。

やっぱり瑠美は来ないだろう。期待がほとんど絶望に変わったころ、

「安達英史様いらっしゃいますか。お電話が入っております」

バーテンがまずカウンターの客に尋ねた。

「あ、僕です」

英史は反射的に立ち上がった。

「あちらのお電話をどうぞ」

バーテンは店の隅を手で示した。

ここに英史がいるのを知っているのは瑠美だけだ。ドキドキする。だが、瑠美はここには来ないだろう。断りの電話だと思うと、虚しさでいっぱいになった。

「はい、安達です」

「君塚です。遅くなってごめんなさい。ちょっと打ち合わせに時間がかかってしまったの。まだ時間はいいの？」

「はい。ずっといいです。大丈夫です」

何としても会いたい。英史はせっぱ詰まった声を出した。

「実はね、私、とっても疲れちゃったの」

英史はまた落胆した。涙が出そうなほど哀しい。

「それで、少し横になりたくて、そこに行く前に、このホテルの部屋をとったの。チェックインして、いま、お部屋にいるの。だから、こっちに来てほしいの。ルームサービスで何かとってもいいわ。それでかまわないかしら」

地獄から天国だ。瑠美はこのホテルにチェックインしているという。その部屋に来ないかと言っている。瑠美とふたりきりになれる。夢としか思えない。こんなラッキーなことになるとは予想もしなかった。

「疲れてらっしゃるのにいいんですか……？　本当に行ってもいいんですか？」

「いいわ。すぐにいらっしゃい」

英史は言われた部屋番号を頭のなかで繰り返した。嘘のようだ。瑠美が悪戯をしているのではないか。そこに瑠美などいないのではないか。会うまで信じられない。

英史はカウンターに戻って伝票をもらおうとした。

「安達英史様ですね。けっこうです。あとでお支払いしていただくことになっておりますから」

瑠美だ。確かに瑠美はこのホテルにいる。英史の鼓動はさらに高鳴り、苦しいほどの息が鼻から洩れた。

部屋に近づくほど動悸が激しくなった。

震える手でドアをノックした。

すぐにドアはあいた。

「どうぞ」

タオル地のホテルのガウンを羽織った瑠美に、英史は心騒いだ。

「こんな格好でごめんなさいね。シャワーを浴びたの。シャワーを浴びると疲れがとれるでしょう？」

胸元がゆったりしているので深い谷間が見える。ボールのような白い乳房さえわずかにのぞいている。

英史の肉茎が勃ち上がった。汗が噴き出、ますます息が荒くなった。

「熱いの？　うんと呑んできたの？」

「い、いいえ……」

「一時間近く待たせちゃったものね。何を呑む？　ちょっとしたお酒はここにもあるわ。ワインとブランディとウイスキーよ。それとも、ルームサービスで何か持ってきてもらう？」

「いえ……もう呑めません」

瑠美を前にすると胸がいっぱいだ。何も呑めないし、何も食べられない。頭の血管が破裂しそうだ。

「ここに座って」

瑠美は自分の隣を指した。

急だったのでスイートルームはとれなかったが、寝室だけではなくリビングのついている広めの部屋だ。昂っている英史がわかるだけに、瑠美はこれからのことを想像して心が弾んだ。

英史はライラックグレーのスーツに、淡い黄色のシャツ。ベージュ色のネクタイに、薄紫色のポケットチーフ。昼間会ったときの服とちがう。瑠美と会うことで、精いっぱいのお洒落をしてきたのだ。落ちついた配色はセンスがいい。可愛い紳士だ。

湯上がりのガウンを羽織った瑠美の横に座れただけで、英史は苦しくてならなかった。

「忙しいところを……すみません……疲れてらっしゃるのに……ときどきホテルで休まれるんですか」

「倒れそうなほど疲れて、家まで帰るのさえ面倒になることがあるの。ちょっとひと眠りして帰ることもあるわ。朝までいて、ホテルから出社ということはほとんどないわね」

近くから観察した英史は、思っていた以上に美しい。ぷっくりした唇は、特に中年女性を惹きつけそうだ。男にもてるかもしれない。

「きみはどうしてもアンバーでバイトしたいらしいけど、どうして？　アンバーはそんなに魅力があるの？」

なぜ英史がバイトしたがっているかわかっているが、瑠美はまた尋ねた。

「最高に素敵なお店です」

つい先ほどまで、薄い水割りウイスキーを呑みながら、水もずいぶん呑んだというのに、英史は喉が渇いてしかたがなかった。そして、冷房はきいているはずだが、やけに火照っていた。

「最高に素敵なお店だから、皿洗いでもお掃除でもいいの？　そのうえ、ほかの人より安いバイト料でもいいってわけ？」

「はい……」

「素敵なお店って、具体的にどんなこと？」

「えっ……？」

「何が素敵なの？　特製ビールの味？　それとも、お料理？　それとも、お店の造り？　それとも？」

「全部です」

「全部？　それは嬉しいわ。でも、全部って言葉は、あまり面白い言葉とは言えないわね」

「あ、あの……」

英史は慌てた。

「あの……本当に全部気に入ってるんです……特に……」

英史はゴクッと喉を鳴らした。

「特に何？」

英史の平らな胸が喘いでいる。

「あの……特に」

それを言ったら追い出されるだろうか。言おうか言うまいかとさんざん迷った。ひとときの沈黙がやけに長く感じられる。息苦しい。

このまま黙っていては、はっきりしない男だと嫌われ、出て行けと言われるかもしれない。

迷いや様々な不安が、めまぐるしく脳裏を駆けめぐる。

「特に……特に社長が気に入ってます！」

どっと汗がこぼれた。とうとう言ってしまった。英史の全身は火のようになっていた。

「社長は最高です。社長のもとで働きたいんです。社長のような理知的でセクシーな方は、どこを探してもいらっしゃいません。僕は社長のために働きたいんです」

不安を消すため、英史は雪崩《なだれ》のように言葉を押し出した。

「はじめてテレビで見たとき、こんなきれいな人はいないと思いました。実際に面接で会えたとき、雑誌の写真よりテレビより、ずっときれいな人だと思いました。もの凄く頭のよさそうな人だと思いました」

言葉を切ると、喉がゴクゴクと鳴った。

「ふふ、つまり、私のことが気に入ってアンバーで働きたいってことなのね」

「あ、はい。そうです」

「私のために働きたいって本当？」

「はい」

こちこちになっている英史が可愛い。瑠美は目を細めた。

「どんなことでもしてくれるの？」

「はい」

「どんなことでもって、お掃除や皿洗いのことじゃないのよ」

「どんなことでもします。社長がおっしゃることなら、何でもその通りにします。だから、僕を雇って下さい」

ここで押さえなければ永遠にだめになるというように、英史は縋《すが》る目を瑠美に向けた。

「私に忠誠を誓えるの？」

「もちろんです」

「もちろんですなんて、本当に言えるの？　私は嘘つきは嫌いよ」

「僕は絶対に嘘はつきません」

握った拳が膝の上で震えている。英史はこの一瞬に命を懸けているといった感じさえする。その一途さが瑠美の自尊心をくすぐった。

「きみはとっても素敵な紳士ね。スーツの趣味もいいわ。この格好なら、私とどこにでも同伴できるわね。上でいっしょに呑めなかったのが残念だわ」

これまでの人生のなかでの最高の緊張というほど堅くなっていた英史の肩から、ふっと最初の力が抜けた。緊張に十段階あるとしたら、ようやく七か八あたりまで下りてきたというところだ。

「ラウンジバーで待ち合わせしたからこのスーツにしたの？」

「僕の持っているなかではいちばんいいやつなんです。社長の横にいるとみすぼらしく見えるでしょうけど……」

「そんなことはないわ。このネクタイも洒落てるし、ちゃんと品のいいポケットチーフまで入れて」

瑠美は英史のネクタイに触った。

「あ……」

直接躰に触れられてもいないのに、英史の総身に電気が走った。風呂上がりの瑠美から、女の甘やかな匂いが漂っている。こんなときにと焦ったが、いやおうなくパンツがもっこりと膨らんだ。

英史は慌てて股間に両手を置いた。

「両手を膝の横に置いて」

瑠美の甘ったるい声がした。だが、英史は動けなかった。

「あら、こんな簡単なことも聞けないの？　私の言う通りに何でもすると言ったばかりなのに。じゃあ、もうお帰りなさい。バイトは今回はダメよ。もういっぱいなの。誰も辞退しないし、よけいに雇ってもしかたないでしょう？」

ネクタイから手を離した瑠美に、英史は目の前が真っ暗になった。

「待って下さい……僕……あの……」

「勃起してるのがそんなに恥ずかしいの？」

赤いルージュを塗った艶《つや》やかな唇がゆるんだ。ゾクリとするほどセクシーだ。瑠美はすでに躰の変化を知っている。それをズバリと言い当てられ、英史は耳たぶまで真っ赤になった。

「きみは私が好きだから勃起してるの。そうでしょう？　何が恥ずかしいの？　きみのようなステキな紳士のペニスを大きくできて嬉しいわ。さ、手をどけて」

唾を呑みこみ、胸を喘がせた英史は、股間から両手をどけた。

瑠美の視線が膨らみを見つめている。英史の肉茎がピクピクと反応した。樹液が鈴口から噴き出している。トランクスに染みた樹液がズボンを濡らしたら……と、英史は気が気ではなかった。

「お洒落なスーツのきみもいいけど、私は裸のきみが見たいわ。若くてきれいなきみの躰が見たくなったわ。どうする？」

妖しい視線と、あまりにも衝撃的な言葉に、英史は酸素不足になったような不自然な息をした。

「あくまでもきみの自由意志を尊重するわ。見せたくなければ帰っていいのよ。私は人がいやがることはしたくないの」

あくまでも相手を尊重すると言いながら、有無を言わさぬニュアンスが含まれている。いやならすぐに帰れ。そういうことだ。

「社長が……見たいとおっしゃるなら……僕みたいな者でよかったら……」

掌の上で震えている小動物。瑠美は英史を見つめてそう思った。

「きみが可愛いから、生まれたままの姿を見たくなったの。私のお願いを聞いてくれるなら、いますぐ服を脱ぎなさい。私の目の前で私の目を見ながら。絶対に私から目を離しちゃダメ。目を離したら追い出すわ。できる？」

コクコクと喉を鳴らしながら、英史は頷《うなず》いた。

「じゃあ、そこに立って脱ぎなさい」

ソファに深く腰を沈めた瑠美は、膝を組んだ。

目を離すなと言ったので、英史は澄んだ目を瑠美に向けている。ふるふると震えているぷっくりした愛らしい唇。食べてしまいたくなる。押さえつけて犯したくなる。だが、いまは、向こうからやってきた生贄《いけにえ》の、羞恥《しゅうち》に歪《ゆが》むさまをじっくりと眺めるつもりだ。

英史がジャケットを脱いだ。まだ抵抗は少ないだろう。

ベルトをはずした。だが、次はパンツではなく、黄色いシャツのボタンをはずしはじめた。

視線をそらすことができず、ほんのわずかだけ眉根を寄せ、泣きそうな顔をしている。指先が震えている。手元を見ることができず、よけいに時間がかかっている。

瑠美はひと言も発しなかった。美しい男が早く生まれたままの姿にならないかと、期待に胸が膨らんだ。

戸惑いながらシャツを脱いだ英史の白い上半身が、ようやく瑠美の前であらわになった。膨らみのない乳房。ぽっちりと収まっている乳首。女とはまるでちがう曲線を持っている。だが、普通の男ともちがう。女でも男でもないような不思議な魅力がある。体毛の薄い東洋人独特のやさしい肌をしている。

上半身は何とか裸になったものの、下半身となると、ためらいも大きいだろう。英史はいっそう眉間《みけん》の皺を深くした。

瑠美は足を組み直した。その動きにびくりとした英史が、何か言われるのではないかと勘違いし、慌ててパンツのジッパーを下ろした。

瑠美は何も言わない。女豹の目でじっと動きを見つめているだけだ。

英史は泣きたいほど切なかった。肉茎がいきり立っている。パンツを下ろせば、濡れているトランクスを見られてしまう。理想の女性に汚れた下着を見られるのは恥ずかしい。羞恥を通り越して屈辱的だ。

少しでもいい男に見られたくて、精いっぱい洒落てきた。それなのに、何もかも脱いでしまわなくてはならない。瑠美の命令だ。瑠美の命令は絶対的だ。

瑠美が大きな溜息をついた。

「出ていって」

そう言われそうな気がした。英史はパンツを落とした。

瑠美は唇をゆるめた。トランクスが盛り上がっている。その頂点に染みができている。まるで赤ん坊を相手にしているようで愛《いと》しくなる。早くペニスを見たい。そして、弄《もてあそ》びたい。

泣きそうになっている英史。平らな胸がさらに激しい喘ぎを見せた。

「きみはいい子ね。ちゃんと言うことを聞いてくれるんだもの。どうしたの？　お脱ぎなさい。きれいよ」

恥ずかしい格好に、不安とためらいで押し潰されそうになっていた英史は、きみはいい子ね、という瑠美の歌うような口調にホッとした。きれいよ、という言葉が嬉しくて、涙が出そうになった。

テントを張っているトランクスを、震える指先で下ろしていった。

まだ使っていないようなきれいな色をした肉茎。恥ずかしげなピンク色の亀頭。さほど太くない肉棒が、それでも腹につきそうなほど反り返っている。

瑠美の遠慮のない視線に、鈴口から樹液が溢《あふ》れ出た。英史は慌てて太腿を合わせた。それでどうなるわけでもない。だが、じっとしていることができなかった。

「ふふ、元気なボウヤだこと。本当に言うことを聞いてくれたわね。いい子。とってもきれい。私はね、新しいお店を計画してるの。いまあるアンバーとはちょっとちがったお店。アンバーよりも、もっともっとステキなお店。そこできみを使いたいわ。びっくりするほど高いバイト代も出すつもり。でも、秘密を守れない子はダメ。それに、何でも言うことを聞ける子でないとダメ。きみは合格するかしら」

「僕……社長のためなら何でもします。こんなに恥ずかしいことだってしました……」

倒れそうなほどの羞恥。だが、瑠美が雇ってくれると言うのなら、まだじっと立っていることができる。それに、アンバーより素晴らしい店というならなおさらだ。英史は哀願する口調で言った。

「こんなに恥ずかしいこと？　それでおしまいと思ってるの？　甘いわよ。もう少し試してみなくちゃ」

瑠美は意味ありげな笑みを浮かべた。

「私のペットになれる？　きみをペットにしたくなったわ」

帰国してふた月余りですっかり有名になったアンバーの美人社長が、自分をペットにしたいと言っている。ペットと言うからには、可愛がってくれるということだろう。思いもよらない言葉に、頭のなかが沸騰しそうだ。

「何でもします……どんなことだって」

「じゃあ、セクシーなそのお尻を私に向けて四つん這《ば》いになってごらんなさい」

微笑している美しい瑠美。その穏やかな表情とはあまりにもかけ離れた命令だ。英史は立っていることができないほど動揺した。

「裸になっていながら、私のワンちゃんにはなれないっていうのね。無理強いはできないわ。お洋服を着てお帰りなさい」

「待って下さい！　何でもします。何でもしますから」

恥ずかしい格好を、瑠美は笑うかもしれない。軽蔑されるかもしれない。けれど、このまま服を着て帰れば後悔する。ここで笑われて軽蔑されたら、それはそれで仕方がない。ここまできて後悔したくはない。命じられたことは何でもしよう。一分でも瑠美と長くいたい。

汗を噴きこぼしながら、英史は瑠美に背を向けた。床に膝をついた。両手を膝の前につけた。次は、臀部を床から離さなくてはならない。

頭が混乱している。逃げ出したい衝動に駆られた。瑠美の視線が、背中ではなく臀部に向けられているのがわかる。

英史はそっと尻を持ち上げた。どうしても控えめになってしまう。

「もっと膝と腕を離して。腕をもっと前につくの。ふふ、そう。そうよ。今度は膝を離して」

白い総身が震えている。

「立っていたときよりうんとセクシーじゃない。足の間の元気なペニスも見えるわ。すぼんだお尻の穴も」

恥ずかしさに英史は汗まみれになった。誰の前にも晒《さら》したことがない屈辱の姿。こうなるまでに大きな迷いがあった。だが、いざ犬の格好をしてしまうと、自分は瑠美に生死を握られたか弱いペットでしかないと思えてくる。

瑠美に辱められる男でしかないと悟れば、屈辱も至福になってしまう。卒倒するほど幸せだ。鈴口から溢れた樹液が、床にしたたった。

「頭を床につけて、お尻だけうんと上げてごらんなさい。恥ずかしいところをもっと見せてちょうだい」

「ああ……このくらい……？」

「いい子ね、もっとよ」

「社長……僕……恥ずかしい……」

カウパー氏腺液をしたたらせながら、ほとんど恍惚《こうこつ》状態で、英史は尻を高く掲げていた。可愛い男がこんなに破廉恥な格好をしている。どんな命令にも従いますと、尻尾《しっぽ》を振っている。性器と排泄器官を赤裸々に晒しながら、興奮に粘液をしたたらせている。

瑠美も昂った。ソファから立ち上がり、掲げられた英史の尻の前に立った。

「可愛いお尻」

すべすべの臀部を撫《な》でまわした。

「あぅう」

切ない声を洩らして、白い双丘がくねった。

「可愛い。全部可愛いわよ」

尻から背中へと掌を滑らせていった。

「床から肩を離して。頭を上げるの」

今度は正面に跪《ひざまず》き、顎を掌に乗せて持ち上げた。

汗でねっとりしている顔は、上気してピンク色に染まっている。震えている唇。無抵抗の獲物。そんな英史を見つめていると、殺す寸前まで辱め、痛めつけてみたいという思いに駆られた。

「こんな格好が好きなの？　お小水みたいにボウヤの先から恥ずかしいものがしたたってる

じゃない。出したいんでしょ？　どう？　出したくないの？」

　何をしてくれるのだろう。もしかして瑠美とのセックス……。辱められているなかで、英史に激しい期待が湧きおこった。

「出したい……です」

　掠れた声が出た。

「そう。じゃあ、そのままの格好で、片手だけ離してオナニーなさい。四つん這いでオナニーするの」

　掌に乗せた顎をわずかに持ち上げ、瑠美が目で笑った。

「いつもしてるんでしょ。さっさとなさい。どんな顔をしてイクか見ててあげるわ。裸になったときのように、私から目を離しちゃダメよ。私の目を見ながらオナニーするのよ」

　瑠美は壁際に後退し、寄り掛かるようにして床に腰を下ろし、バスローブの上から両足を抱いた。

　瑠美とセックスできるなどと、ひとときでも甘いことを考えた英史は、さらに命じられた屈辱の行為に戸惑った。けれど、屈辱が大きいほどに悦びも大きい。短い間に変わってしまった自分に、英史はまだ気づいていなかった。

　右手を床から離した。反り返っている肉根を握った。膝と片手で躰を支えているのでバランスはとれている。だが、こっそりと隠れてする行為を、目の前で見られるのだと思うと全身が震えた。鼻から熱い息がこぼれた。

「あう……」

瑠美を見つめて手を動かした。

「ああ、社長……」

泣きそうな声の英史と、その行為のはじまりに、瑠美の秘芯から蜜がこぼれた。

「ふたりきりのときは瑠美さんと言いなさい。そう呼ぶことをきみには許してあげるわ」

瑠美は膝を離した。足を隠していたバスローブがひろがり、ショーツを穿《は》いていない女園が剝き出しになった。

「ああっ、瑠美さん！　うっ！」

瑠美の目から思わず視線をずらし、秘芯に目をやった英史は、その瞬間、白濁液を噴きこぼして打ち震えた。

「あら、もうイッちゃったのね。可愛い子」

口をあけて痙攣《けいれん》する英史の総身を見やって、瑠美は足を閉じた。

痙攣の治まった英史が床に突っ伏した。

「シャワーを浴びてすぐに戻ってらっしゃい。すぐによ」

ふらつく英史を風呂に追いやった瑠美は、ベッドに横になって太腿をVの字にひらいた。

3

屈辱とめくるめく快感に頭がぼっとなっている英史は、シャワーで肉茎を洗ったあと、水で顔を洗った。夢を見ているようだ。異次元にまぎれこんでしまったようだ。

(僕は何をしてるんだろう……)

思考力が停滞している。気怠さに包まれている。

けれど、恥ずかしい格好をして自分の手で気をやったことを思うと、意識が現実に戻った。浴室から出ていくのが恐《こわ》くなる。瑠美に軽蔑の目で見られる気がする。瑠美が部屋からいなくなっている可能性もある。

「すぐに戻ってらっしゃい」

瑠美の声が甦《よみがえ》った。英史は浴室を飛び出した。

「あ……」

バスローブを羽織ったままの瑠美が、足をひろげている。濃い茂みとスリット。その中のピンクに輝いている花園。英史は動けなくなった。

「いい子だったわね。ご褒美に見せてあげるわ。女のココ、見たことがあるでしょう？」

英史は首を振った。

十九歳にもなって、英史はまだ童貞だった。恋愛感情を抱いた相手がいても、受験競争の激しいなかで、一対一でつき合うことはなかった。女からも男からも何度もラブレターをもらった。だが、親密に交際することはなかった。母親の監視もあった。塾に通い、家庭教師をつけられ、他人とつき合う時間などまったくなかった。

「エッチなビデオくらい見たことがあるでしょう？」

「一度だけ……」

むりやり学内の悪《ワル》に押さえこまれて見せられたものだ。

「じゃあ、女のアソコは知ってるわね」

「でも……アソコは全部ぼやけてたから……」

「裏ビデオじゃなかったってことね。オユビでひろげて見ていいのよ。いらっしゃい」

ふたたび英史の股間がグイッと反り返った。

夢のようだ。ひろげられた瑠美の足の間に入ると、震えがとまらない。

「花びらをひらいてごらんなさい。花びら、わかる？　二枚の小陰唇があるでしょ」

鼻血が出そうだ。英史は花園で光彩を放っている双花をくつろげた。

「ふふっ、くすぐったい。興奮してるのね。鼻息が熱いわ」

慌てて英史は顔を離した。

「いいのよ。もっと顔を近づけてごらんなさい。どんな匂いがする？」

肉茎を直撃する強烈な匂いだ。濃い匂いというわけではない。仄《ほの》かだが脳味噌をクラクラさせる妖しい匂いだ。

「花びらがくっついてるところに、細長い帽子に包まれたちっちゃいオマメがあるでしょう？　クリトリスよ。凄く感じるところね。膣はココ。ほら、オユビを入れてごらんなさい」

指をとられ、女芯に押しこまれた指は、たちまちあたたかい膣ヒダに締めつけられた。

「あう……動いた……」

はじめて触る女の秘部。はじめての相手が瑠美だということが誇らしい。本当に現実だろうかと信じられない。

「ふふ、ココに大きいペニスが入るの。きょうはダメだけど、いつかきみのペニスを入れさせてあげてもいいのよ。きみは私の前で、ちゃんとオナニーもしたものね。これからも言うことを聞けるようなら、ステキなご褒美をあげるわ」

どんなことだってする……。どんな恥ずかしいことだって……。英史は天にも昇る心地だった。

「ひとりでイッちゃったんだから、今度は私をいい気持ちにさせなきゃダメよ。オクチで花びらやオマメをナメナメして、私をイカせることができる？　やってごらんなさい」

夢に見たクンニリングス。オナニーをするときに想像した、瑠美の花園。そこにキスすることができる。英史の心臓は爆発しそうだった。

瑠美が豊満な尻の下に枕を押しこんだ。

「唇や舌でやさしく触るのよ。出てきたジュースを全部呑みなさい。いいわね」

噎《む》せ返るような妖しい秘部の匂いを嗅ぎながら、英史は花園に顔を埋めた。

興奮しているので何が何だかわからない。痺《しび》れるような匂いに噎せながら、闇雲にとろけるような器官を舐めまわすだけだ。

「あう。ふふ、くすぐったい。まるで仔犬ね。あはっ……可愛いワンちゃん。そうよ、そこ。ああ、いい気持ち。はあっ……あう……上手よ。ヌルヌルがいっぱい出てきたでしょう？　気持ちがいいから出るの。おいしいでしょ。全部食べていいわ。あう……」

ペチャペチャ音がする。躍起になって舐めまわしているような英史の頭の動きを見つめながら、瑠美は声をあげた。

（この子は使えるわ。あと何人集めればいいかしら。大人のためのステキなお店を作って、

必ず成功させてみせるわ）

瑠美の心は新しい店に向いていた。

「あぁう……ソコにオユビを入れて動かしながらナメナメして。オユビは二本でもいいのよ。あう……そう……クリちゃんをやさしく吸ってごらんなさい。んん……」

まだ女を知らない奥手の男が必死に奉仕していると思うと、昂まりも速い。

「あぁう……んんんっ……いいわ。凄くいい……続けて……」

瑠美は腰をグイと突き出した。

急速に高まってくる。もうすぐだ。

「あう！」

激しくバウンドする腰に英史は顔を離し、目を凝らした。指がギュッギュッと膣襞に握りしめられている。生き物のように膣が動いている。押し出されそうだ。透明な蜜が溢れ出している。

バスローブがすっかりはだけ、鞠のような乳房が剝き出しになって揺れている。瑠美は顎を突き出し、セクシーな口をひらいてエクスタシーに身を浸している。

（僕がイカせたんだ……）

英史は恍惚となった。二度めの精液が噴き出し、瑠美の濃い翳りの上に落ちていった。

第三章　女豹の戯れ

1

「以前もこんな感じだったかしら」

君塚邸の離れに住む小島兼作の住まいを五、六年ぶりに訪ねた瑠美は、室内を見まわした。

この離れのほかに、庭師や数人のお手伝い、運転手などの住む本宅と繋《つな》がった二階建ての建物がある。

離れとはいえ、ここは三ＬＤＫ。ひとりで住むには十分すぎる広さだ。

広いリビングは明るい庭に面しているが、いまは夜。厚めのカーテンがかかっている。瑠美の住む本邸とは、池を挟んで三十メートルほど離れている。

微妙な色ちがいのレンガを組み合わせた外壁を持つ欧風建築の本邸に合わせ、この離れもレンガ造りだ。

広めのリビングには装飾がついている。その上に、瑠美の幼いときから大学までの写真が十葉ばかり飾られていた。

「散らかっていますが……」

原の運転するベンツに乗って、小島は瑠美といっしょにアンバー本社から君塚邸へ戻ってきた。降りるとき小島は、近いうちに個人的に話がしたいと瑠美に言った。

「いますぐに聞いてあげるわ」

瑠美はそう言い、本宅に入る前に小島といっしょに離れまでやってきた。

「すぐにお話を聞いていただけるとは思っていませんでした」

小島は瑠美がここに足を運ぶとは思っていなかった。それがわかっていたら、瑠美の写真は隠しておいただろう。写真に見入っている瑠美に、小島はバツの悪さを覚えた。

「こうして見ると、私、小さいときは可愛かったのね」

「いえ、いまも十分に……」

「嘘をつかなくていいのよ」

くるりと振り向いた瑠美の妖しい視線と艶やかに光る唇のセクシーさに、小島は父親と娘ほどの年齢差を忘れて動揺した。

「本当です。十分に……いえ……限りなくお美しいです」

部下たちが一目置いている小島。世間の目もやり手の副社長と見ているだろう。だが、目の前にいる彼はそんな切れ者ではなく、瑠美にかしずくひとりの男でしかない。

ついこのあいだまで父の元寿が座っていた瑠美には大きすぎる社長室の椅子。そこに座っていると、小島が畏敬のまなざしを向けてくるのがわかる。社長としてだけではない、もっと大きなものに対する尊敬。一線を引いて、その外側から自分を見つめている僕《しもべ》の視線だ。亡くなった父親より年上の男だというのに、瑠美への憧憬《しょうけい》は人いちばい強い。

会社を出て、こうしてプライベートの時間にふたりきりになると、小島は会社での視線以上に遠慮のない敬慕の念をあらわにする。

透けるような黒いブラウススーツ。腰を包んでいるのはチューリップのような形のスカートだ。瑠美には黒がよく似合う。

「話って何？」

「お尋ねしたいことがございます。お嬢様を心配しているからお尋ねしたいのです。お怒りになりませんように……」

「前置きはいいわ。いったい何なの」

小島の言葉を遮った瑠美は、テーブルの椅子を引き出し、横向きに座った。

「朝比奈様とのことを心配しておりました」

話というのはそんなことかと、瑠美は拍子抜けした。

「あれから会ってないわ。社長業は忙しいのよ」

そろそろ哲志と獣のようなセックスがしたい。瑠美はあの楽しかった夜を思い出した。

「朝比奈様との心配も冷めやらぬというのに、今度は若い男と……そうですね、お嬢様」

英史のことだとわかる。瑠美はふてくされた顔をした。

英史とは二度ホテルに行った。だが、二度めもセックスはしていない。焦《じ》らして焦らして、何か凝ったいたぶり方をして、それから童貞をいただくつもりだ。

英史を新しい店で使うためには、奴隷として徹底的に調教しておかなくてはならない。

「スキャンダルになったらどうします」

「タレントや歌手じゃあるまいし、スキャンダルになるはずないでしょう？　よけいな心配をすると、老《ふ》けるわよ」

瑠美は電話をとった。

「私よ。離れにおいしいワインを持ってきてちょうだい。白の辛口ね。チーズも適当に選んで持ってきて」

電話を置いた。

「いいでしょう？　ここでふたりで呑むのも」

「光栄です。ですが、お話はちゃんと聞いていただきませんと」

小島は懇願するように言った。

「聞いたじゃない。話が終わったからワインを頼んだのよ。次は私の話を聞いてちょうだい」

　小島は溜息《ためいき》をついた。

「次の店を出したいの。実は、どこがいいかと思って自分で店舗を探していたの。二、三カ所、よさそうなところがあるわ。突貫工事で秋にも出したいお店よ。それが無理でも年末までには何とかしたいわ」

「急にそんなことを言われましても……元寿社長のときも、新しい店舗を出すとなると、役員全員で慎重に話し合い、知恵を出し合って計画したものでございます、そのためにアンバーもうまく軌道に乗り、一軒たりとも失敗することなく、ここまで成長できたのです」

「慎重に、はいいことよ。でも、フレッシュ感覚でお客のニーズにこたえないと、テンポの速いこの時代に乗り遅れるわ。まあ、アンバーはこれまで通りでいいわ。私はちがう店をやりたいの。うんと大人の店をね」

　若い男を集めた店。金と暇のあり余った女たちが、可愛い男を人形のように弄んでリッチに遊ぶ店。瑠美は大人の女のための秘密のサロンを計画していた。

「ちがう店とはどういうことです」

「ビアレストランじゃなく、リッチなクラブをやりたいの。男たちのサロンはどこにでもあるわ。私は女たちのための夢のようなサロンをひらきたいの」

小島のくぼんだ目が見ひらかれた。

「夢のようなサロンをとおっしゃいましても、夢と現実はちがいます。経営はママゴトではないんです。景気がなかなか回復しない現状にあって、そんな夢のようなことをおっしゃってもらっては困ります」

瑠美のほんの気まぐれだと小島は思った。

「ママゴト？　夢のようなことと？　冗談じゃないわ。採算がとれると思って言っているのよ。儲けてみせるわ。私が帰国した日、車の中で私に、アンバーを引っ張っていく力も、いま以上に発展させていく力も十分にあると言ったのは誰？　これからはどんどん冒険するわ。いろんなものを経営していきたいわ。冒険といっても、損することなんかしないわ。確実に儲けてみせる。私はパパなんかに負けやしないわ」

勝ち気な女豹の目をした瑠美が、意志の強そうな唇をキュッと閉じた。

「たとえ新しい冒険をするとしても、それまでには慎重な計画や下調べが必要なんです」

「ふふ、下調べもしてるわ。計画は進行中よ。ともかく、あと半年で何とかしたいの」

困惑している小島を後目《しりめ》に、瑠美の気持ちははやっていた。

「賢くて美男子で、何でも言うことを聞く子って、食べちゃいたいほど可愛いわね」

小島の反応を窺《うかが》うため、瑠美はわざとそう言った。

小島は眉間の皺を寄せた。

「まさか……そういう者を集めて……」

「年とってるだけ勘がいいわね。そう、そのままよ。お金持ちの女たちが可愛い坊やをはべらせて楽しむの。お酒もおいしく呑めるでしょうよ」

「いけません。アンバーの品位が落ちます。そんなサロンは絶対にいけません」

「何が品位よ。品のある男しか使わないわ。お客はこちらが選ぶわ。しっかりした会員制のクラブにするの。まあ、あなたをがっかりさせはしないから安心して」

すでに計画はスタートしたという瑠美の有無を言わせぬ言葉に、アンバー創立から働いている小島は冷静ではいられなかった。

「アンバーは三十年以上培われてきた会社です。お嬢様おひとりの意志だけで自由に動くものではありません」

「帰国したばかりの二十六歳の私をいきなり社長にしたのは誰？　マスコミが飛びつくほどの意外な出来事だったのよ。それに比べたら、店ひとつ出すことなんて簡単なことでしょ。誰にもイヤとは言わせないわよ」

社長に就任してからわずか三カ月余り。瑠美はすでにワンマン社長となっている。そんな瑠美が小島の希望だった。だが、実際に言葉ひとつで決定されると、大きな会社だけに不安がつのる。

新しい店が失敗したぐらいで経営に大きく響くとは考えられないが、多少の皺寄せは覚悟しなくてはならない。瑠美があとに引かないなら、できるだけ小さな店をお遊びの場所として提供するしかないだろう。

小島はせいぜい二、三十人までの客を呼べる店をと考えた。

インターフォンが鳴った。

お手伝いが冷えたワインと各種チーズの盛り合わせを運んできた。

「ついいましがた、朝比奈様からお電話がありました。今夜は遅くまでいるので事務所に電話をほしいと」

「弟？　兄さん？」

お手伝いが困惑の顔を見せた。

「あの……朝比奈様としかお伺いしておりませんが……」

「私は彼らのお父さまとも知り合いなのよ。そのうちの誰からかかってきたかわからないんじゃ、困るじゃないの」

事務所にかけてくれと言ったのなら、兄の哲志だとだいたい想像がつく。だが、瑠美の性格からして、てきぱきとものごとをこなす有能な秘書のようなお手伝いでなければ気がすまなかった。

「申し訳ございません……」

哀れな顔をしているお手伝いを見て、

「もういいわ。これから、気をつけてちょうだい」

瑠美はドイツから買ってきたワインオープナーを小島に渡した。

皿にはカマンベールやブルー、黒胡椒《くろこしょう》をまぶしたものや、ヘーゼルナッツの薄切りをつけたものなど、七種のチーズが形よく盛られている。

瑠美の傍らに立って、小島は給仕のようにふたつのワイングラスにワインを注いだ。

「どうぞ」

小島は、ひとつを瑠美の前に置いた。

「新しい店に乾杯」

チンとクリスタルグラスを合わせた瑠美に、小島の心境は複雑だった。

「ああ、おいしい。やっぱり上等のワインをいっしょに呑むには、年季の入った相手とに限るわね。ちゃんとおいしさを共有しているという気分になれるわ。若い子とはワインはダメね。若い子に上等のワインは似合わないわ。そう思わない？」

「はい、例外もございますが」

瑠美が言っている若い子とは大学生のことだろう。それなら、大学生だったころの瑠美を考えると例外だ。瑠美は立派な淑女で、屋敷に訪れる客達との会食でワインを傾ける姿は堂々としていた。ワイン談議に加わっても、大人たちに劣ることがなかった。

「地方の支店長たちは、やけに頑張ってるらしいじゃないの。売り上げの伸びって快感ね。近々、九州から北海道まで視察してこようと思っているの」

各地の支店長も、瑠美の社長就任のときは上京した。そのとき、瑠美はさりげなく彼らに声をかけた。その個人だけに特に興味があるといった口振りで。

支店長たちは、美人社長から特別に目をかけられていると誰もが錯覚した。そして、いっそう仕事に精を出しはじめた。その結果が確実に売り上げに表れてきている。

効果が薄れないうちに、店長たちに新たな刺激を与えなければならない。何もベッドインしなくてもいい。彼らの店を訪れ、自尊心をくすぐる言葉ひとつを囁いてやればいいのだ。

「あなたのような仕事ができる人に任せておけば、この店は心配ないわ。これからもお願いするわよ」

手でも握って、そんなひと言を囁いてやればいい。

「お嬢さまには、人なみはずれたエネルギーがおありです。そのエネルギーに触れた者は、これまでにない力を発揮することができるのです。各地の店長たちも、お嬢様にお会いしたからこそ、不思議なエネルギーに満たされて頑張っているのでございます」

「いつも私の近くにいるあなたもそうなの？」

瑠美はチーズを口に入れ、妖しい眼差しを小島に向けた。

「それは……もちろんでございます」

「近くにいるだけで元気になれるなら、私とセックスした相手なんか、千年くらい生きるかもしれないわね」

瑠美はクッと笑って、ワインを呑み干した。

2

「いい気持ち。ここにいるとのんびりするわ。シャワー貸してくれる？」

「えっ？」

「シャワーを貸してちょうだい。お部屋に寄らないでまっすぐにここに来たんだもの。急にシャワーを浴びたくなったの」

小島の唇がかすかに動いて戸惑いを見せた。

「お屋敷に戻ってお入りなさいませ……」

「まだワインだって残ってるのよ。上等のワインは一度にあけてしまわないと味が落ちるわ。そのくらいわかってるでしょ」

「はい、しかし……」

「浴室に女でも隠してるの？」

「滅相《めっそう》もございません」

「だったら、借りていいわね」

瑠美は小島の前で服を脱ぎはじめた。

「お嬢様……」

小島の鼓動が高鳴った。

この離れで暮らすようになって十年。当時瑠美は高校生だった。そのときから下着姿の瑠美さえ見たことがない。まだ小さいころ、全裸で水遊びしていた瑠美は知っている。しかし、せいぜい小学校の一、二年生までだった。

瑠美は小島の戸惑いを楽しみながら、黒のブラウススーツを脱ぎ捨てた。黒いスーツに合わせ、下着も黒だ。

ボディコンシャスなシルクのフィットスリップ。レースのストラップ。シルクの輝き。エレガントな大人のインナーだ。瑠美の豊満な躰の線を、きれいに浮き上がらせている。

（お嬢様はこんな高貴な下着をつけてらっしゃるのか……）

まばゆいばかりの瑠美を見つめ、小島の血は沸騰さながら燃えていた。

小島の昂りに快感を覚えながら、瑠美はレースのストラップを片方落とした。

張りつめた静寂が息苦しい。小島は鼻で荒い息をした。

瑠美はもう片方のストラップを、ほっそりした指先で、舞台に立っているような優雅さで落とした。

小島を見つめている視線をそらさず、膝の方にフィットスリップを下げる。それがカーペットに落ちると、小島が口をあけ、目を見ひらいた。

黒いブラジャーにショーツとガーターベルト。ストッキングはパンストではなく、ガーターベルトにとめられていたと知り、小島の瑠美への崇拝はさらに強まった。震えるほどの感激だ。

いまなら死んでもいい……。小島はそう思った。

瑠美が目の前で服を脱ぎはじめたときは戸惑った。とめなければとも思った。だが、いまは、この世でもっとも美しい女を包んでいる高貴な下着に心奪われてしまった。このまま時間がとまるなら……。小島は震える心でそうも思った。

男にない女の胸や臀部の丸い膨らみ。腰のくびれ。肩の線の丸み。女のもっとも美しい部分が下着で隠されているが、瑠美はそれだけに妖しかった。これまでのどんな服より素晴らしい衣装に見えた。

「ボッとしてないではずして」

瑠美は邪険に言い、背中を向けた。

「何してるの。ブラジャーをはずしてちょうだい」

瑠美の命令に我に返った小島だが、果たしてそんなことをしていいものかと足が竦《すく》んで動けない。

「ブラジャーもはずせないっていうんじゃないでしょうね。イライラさせないで。さっさとしてちょうだい」

肩ごしに睨《にら》んだ瑠美に、小島は呪縛から解かれ、背後に駆け寄った。

うなじと背中を隠している長い髪。黒いブラジャーのホックが、ソバージュの髪に隠れている。苦しい息をしながら小島は迷った。

「お嬢様……失礼いたします」

髪を背中の中心で左右に分け、胸の方に持っていった。

シルクにも劣らぬすべすべの肩と背中が現れた。

唇をつけたい。舐めまわしたい。小島は激しい衝動に駆られ、息を荒げた。

「焦れったいわね。まだ？」

瑠美のいら立った口調で、小島は慌ててブラジャーのホックに手をかけた。だが、指が震えてうまくはずせない。まして、瑠美の肌にほんのわずかでも触れる行為となると、冷静ではいられない。

「あーあ、まったく役立たずね。朝になっちゃうじゃない」

舌打ちするような瑠美のいら立ちに、小島はよけいに焦った。

ようやくホックをはずしたとき、指先が汗でベトベトになっていた。

瑠美はブラジャーを肩から落とした。そして、躰を反転させた。

ボリュームのあるきれいな形をした乳房が、プルンと揺れた。

ピンクの乳首を乗せた白い肉の房が目に入った瞬間、小島の心臓は激しい音をたてた。血管という血管が恐ろしいほどに脈打った。

小島の動揺を無視して、瑠美は椅子に軽く腰掛けた。

「ストッキングをはずして」

すらりとした右足を差し出した。

年甲斐もなくパニックに陥っていた小島だが、ご自分でなさいませ……と言おうとした。

けれど、瑠美の美しい足の誘惑には勝てなかった。どうやってストッキングをガーターベルトからはずせばいいかわからない。ともかく、足元に跪《ひざまず》いた。

跪いただけで小島は恍惚とした。何年も思い続けてきた絶対的な主《あるじ》だ。今夜の主は何と甘美な命令を出してくれることだろう。これ以上の名誉なことはない。

戸惑いや動揺より、僕《しもべ》としての悦びの方が勝っていた。

瑠美は小島の熱病患者のような目をはじめて見た。いつもの自分を見る尊敬のまなざしとはちがう。夢を見ているようなまなざしだ。

「ふふ、アンヨが好きなの？　女が嫌いじゃないのね。どうして結婚しなかったの？」

ハッとした小島が顔を上げた。

「オチ×チンが立たないってわけじゃないんでしょ？　もっとも、七十過ぎた男のことはわからないけど」

瑠美は跪いている小島の股間を、ストッキングに包まれた足でグイと押した。

「あ……」

足裏の下で、ズボンごしの肉茎がむっくりと起き上がった。

「あら、びっくり。まだ元気なんだ。ふふ、アンヨがくすぐったいわ」

もっこりしている部分をグイグイ押すと、小島の荒い鼻息は、あたりの空気を揺り動かすほど激しく噴きこぼれた。

「早くストッキングをはずしてよ。いつまでたってもお風呂に行けないじゃない」

「あう……お嬢様……どうやってはずせばいいか……うっ……私には……」

股間をグリグリと足で押されていては、手を動かすことなどできるはずがない。

小島は瑠美の夢をよく見る。最近は頻繁に瑠美が出てくる。いま、瑠美は夢のなかでの行為と同じことをしている。瑠美の足で小島は何度踏みつけられたことだろう。けれど、夢では背中だったり、足先だったりした。

それが、いまは男の証《あかし》を踏みつけるように押されている。昂った肉柱を高貴な足で押さえつけられている。

「お、お嬢様……」

跪いているのがやっとだ。

「いやらしいペニス。若い子とおんなじね。やめてと言わないの？　気持ちいいの？　手腕家の副社長がオチ×チンをおっきくして喉を鳴らしてるなんて、こんなところを会社のみんなが知ったらひっくり返るわね。ヘンタイなの？　何か言いなさいよ」

「お嬢様……」

小島の声は震えた。果ててしまいそうだ。

「さっき言ったリッチな女のためのお店、みんなに絶対にウンと言わせるのよ。できるわね」

「あう……しかし……」

「何がしかしよ。ハイと言いなさいよ。ハイと」

「う……しかし、お嬢様……」

「私の役に立たないんなら首にするわよ。当たり前でしょ。ここからも出ていってもらうわよ。生活に困らないだけのお金はあげるわ」

股間から足を引いた瑠美は、冷酷に言い放った。

「お嬢様、そんな残酷なことはおっしゃらないで下さい。私はお嬢様のそばでお仕えすることだけが生き甲斐なんです」

「だったら、どうすればいいかわかるでしょう？　あなた、頭がいいんだから」

「お嬢様のなさることに間違いはございませんでしょう。私が何とか頑張ってみます。お嬢様のお気持ちに添うよう計らいます」

「当然よ」

瑠美はワイングラスに手を伸ばし、うまそうにひと口呑んだ。

「あーあ、不器用な男はダメね。ガーターベルトからどうやってストッキングをはずせばいいかわからないなんて」

瑠美は小島の目の前で、自分でストッキングを脱いだ。

それでも瑠美の足は、薄いストッキングでも穿いているのではないかと思えるほどつるりとしていた。

見惚《みと》れている小島に、瑠美は足を差し出した。

「シャワーを浴びていないアンヨを舐められる？」

「もちろんです。お嬢様のものならどんなものでも」

震える両手で捧げ持つように足をとった小島は、パールの入った赤いペディキュアに彩られた爪を見た。足指の先まで手入れされていることに、新たな尊敬の念が湧いた。

「お美しい……お嬢様の大御足《おみあし》を手にとることができるとは思ってもいませんでした」

親指の先に唇をつけた。感激で全身が震えた。こわごわ舌を出して親指の先を舐めた。

瑠美は足を引こうとしない。叱られるのではないかという不安を消せないまま、チロチロと指の側面も舐めた。

瑠美が怒らないとわかると、小島は徐々に大胆に舌を動かしはじめた。

「ふふっ、くすぐったい。くふふふっ、ばかね。くっ、そんなにオユビがおいしいの？　キャッ、くすぐったい。いやらしい舌。汚いオクチになっちゃうわよ。あは、ばかねェ。きゃははっ」

生あたたかい舌の動きにゾクゾクする。指の間を舐められるとじっとしていられない。瑠美は椅子をつかんで笑った。尻をくねらせた。

父というより祖父といった方がふさわしいかもしれない年の小島が、いつもはまっすぐに伸ばしている背を丸め、奇怪な動物のような姿で一心に足指を舐めている。

親指から二指へ。二指から中指へと、山と谷を丁寧に舌先がなぞっていく。

「くふふふっ、指のオマタってくすぐったいわねェ。あーあ、たまらない。もうおしまい」

片足の小指まで舐められたとき、瑠美は足を引いた。

「早くシャワー浴びなくちゃ。さっきより私のアンヨ、汚くなっちゃったんじゃない？　それともきれいになったの？」

跪いたまま薄い胸を喘がせている小島をからかうように、瑠美はその胸を足先で押した。

「お嬢様、汚してしまった大御足は、風呂できれいに洗ってさしあげます。その前に……お嬢様……どうか一度でいいんです……お嬢様の匂いを嗅がせて下さいませ。お嬢様をお慕いする哀れな年寄りの冥土《めいど》の土産に、一度だけお嬢様の女の匂いを嗅がせて下さいませ。どうか、シャワーをお使いになる前に」

膨らみ続けていた苦しい思いを、小島はついに口にした。これまでの人生で、もっとも衝撃的な一瞬だ。

「汚くていやらしい男。アンヨをさんざん舐めておきながら、私のココも嗅ぎたいっていうの？」

瑠美はショーツの上から秘園を押さえた。

「ああ、はい……どうか、この年寄りの望みを叶《かな》えて下さいませ」

懇願する小島を、瑠美はフンと鼻で笑った。

「年寄りとか、冥土の土産とか、何言ってるのよ。そういう人に限って、百までも二百までも長生きするのよ。あなた、あと四十年は生きるわよ」

瑠美は椅子から立ち上がった。

「お嬢様、どうか年寄りの願いを」

ここで拒まれたら、残りの人生で二度とチャンスは巡ってこないかもしれない。小島は必死だった。瑠美の長い足にすがりついた。

「私の言うことは何でも聞ける奴隷になれるの？」

瑠美は高圧的な口調で言いながら、小島を見おろした。

「もちろんでございます」

「どんな店でも、私がやりたいと言ったら、みんなを納得させられるのね」

「努力いたします」

「努力じゃダメ。納得させますと断言しなさい」

「はい、納得させてご覧にいれます」

「嘘じゃないのね」

「はい、お誓い申し上げます」

「私のココの匂いを嗅ぎたいからって、そう簡単に誓っていいの？」

「誓ったからには命を懸けております」

「ばァか。あんまり笑わせないでよ」

一途な小島の目を見て、一途な言葉を聞いていると、かえっておかしくなる。瑠美はクッと笑った。役者ふたりの舞台に、どこからかスポットライトでも当てられているようだ。

「いやらしいオジジのために嗅がせてあげる。オシッコの匂いもするかもよ」

瑠美は小島の顔に、ハイレグショーツごしの花園を押しつけた。

「う……」

唐突な瑠美の行為で、小島は鼻と口を塞がれた。

むっとする妖しげな匂いが鼻孔を刺激し、小島の魂を揺さぶった。何とかぐわしい女の匂いだろう。どんな高価な香水も、瑠美の秘所の匂いに比べたら何の価値もない。

ショーツごしに押しつけられているだけで、総身の細胞が若々しく甦ってくる。頭がクラクラする。いまなら、地から足を離し、空さえ飛べるような気がする。隠されていた人間の力が全部あらわになって、何でもできるような気がする。細胞が、血が、脳が、みるみるうちに活性化していく。

小島は肩を喘がせながら、苦しいなかで精いっぱい息を吸いこんだ。

汗と小水と分泌物が混ざり合っているのだろうか。懐かしい懐かしい匂い。生まれるずっと以前に嗅いだことがある匂いのような気がする。

「いやらしいオジジね。そんなに鼻をくっつけちゃって、汚いじゃない。もうこのショーツは穿けないわ。ああ、やだ」

黙っていればいつまででも顔を押しつけていそうな小島に呆れ、瑠美はスッと腰を引いた。

「どんな匂いがしたの？」

「言葉で表せるような匂いではございません」

小島はもっと嗅いでいたいという欲求に駆られた。

「朝からずっと穿いてるんだもの。臭いに決まってるじゃない」

「そんなことはございません。こんなにかぐわしい匂いは生まれてはじめてでございます。お嬢様のソコの匂いを嗅がせていただけたと思うと、今夜は眠れそうにございません」

「そう。じゃあ、起きてたら？　これ、あげるから」

瑠美は小島の前で堂々と黒いハイレグショーツを脱ぎ、小島の足下に放った。

小さな黒い布きれと、幼いときにはなかった濃い翳りに縁どられた女園を交互に見つめた小島の躰を、エクスタシーに近い感覚が走り抜けていった。

「すぐに上がるから、バスタオルを用意しておいてちょうだい」

恍惚としている小島を置いたまま、瑠美は風呂に向かった。

3

さっとシャワーを浴びて、瑠美は本宅に向かった。小島にシャワーを浴びたいと言ったのは、裸になるための口実だ。小島もそれに気づいているかもしれない。

いまごろ、瑠美が一日穿いていたショーツを抱いているだろう。鼻を押しつけ、肺いっぱい匂いを吸いこんでいるかもしれない。

あのまじめな小島が、これからどんな時間をすごすのか、瑠美は覗《のぞ》いてみたい気もした。あの年になってもオナニーをするのだろうか。尋ねておくべきだった。明日になったら聞いてみようと瑠美は思った。

部屋に入ると、すぐ朝比奈興業の秘書室に電話した。

「はい。秘書室です」

哲志の声がした。

「私に電話したの？」

「お、かけてくれたのか。待ってたんだぞ。副社長と打ち合わせ中と言われたが、何の打ち合わせだ」

「ふふ、楽しい楽しい打ち合わせよ」

「チッ、副社長ともできてるのか。だいぶ年だろう」

「年輩ほど憎いテクニックで責めてくるのよ」

「がっかりさせるよなァ」

「何をがっかりすることあるのよ。たまにはさっさと帰って、女房を悦ばせてあげなさいよ」

「つれない女だな。あれっきり電話一本かけてこないじゃないか」

哲志は溜息をついているようだ。

「ああ、似合わない。あなたのそんな言葉、聞きたくない」

瑠美はガチャンと電話を切った。

哲志もほかの男のように、瑠美の電話を待つ男だったのかと思うと情けなくなる。このあいだの夜が楽しかっただけに落胆した。いら立った。瑠美はリードしてくれる男だと思っていた。

サイドボードからブランディを出した。グラスに注ごうとしたとき、電話が鳴った。

「もしもし」

哲志の声だ。瑠美は黙っていた。

「おい、何か言ったらどうだ。電話をとったのがおまえだってことはわかってるんだぞ」

さっきとちがう高飛車な口調だ。

「おまえとは誰のことよ。失礼な男ね。うちには何人も人がいるのよ。おまえじゃわからないでしょ」

「おまえとはおまえのことだ。人が下手に出たら舐めやがって」

「まあ、品のない言葉。朝比奈家の跡継ぎは最低ね。智則坊ちゃんと大違いだわ。こないだとずいぶん口のきき方がちがうじゃないの」

瑠美はフンと笑った。

「品がなくて悪かったな。ともかく、これからすぐに出てこい。新宿のうちのホテルの351号室だ」

「出てこいとは勝手なことを言うわね。アンバーのやり手若社長は多忙なのよ。これから寝るわ」

瑠美はまたも電話を切った。

もう一度かけてきたら、煩《うるさ》いわね、とでも言って出ていこう。つまらない男だったのかと思いもしたが、やはり哲志は野生の獣だ。「すぐに出てこい」と、一方的に命令するところがいい。「出てきてください」といわれたりしたら、意地でも出ていくものかと思ってしまう。

瑠美はブランディを注ぐのをやめ、電話を待った。

こんな時間に、私用で運転手の原を呼び出したくない。出かけるなら自分で運転するか、タクシーだ。運転するとなると、ブランディは控えておいた方がいい。

けれど、瑠美の考えは甘かった。いつも思い通りになるのに、哲志に限ってそうはいかないようだ。いつまでたっても電話はかかってこない。

「何よ、いやな男！」

二度も自分から電話を切っておきながら、瑠美は歯ぎしりした。

ブランディをストレートで呑んだ。

小島の部屋にお手伝いがワインを持ってきて、朝比奈様からお電話が……と言ったとき、朝比奈だけでは相手が誰かわからないと叱ったが、瑠美は哲志からだとすぐにわかったし、今夜は哲志とセックスができると思った。

それが歯車が嚙み合わず、とうとうひとりで自棄酒《やけ》だ。電話がかかってこないとなると、これで哲志との仲は終わりかもしれない。瑠美からかけるようなことは絶対にしない。

四十分ほどしたころ、外で激しいクラクションが鳴った。深夜にマナーの悪いドライバーだと思っていると、

「お嬢様」

数分してお手伝いがドアをノックした。

同時に、外がざわついた。

「もういい。ありがとう」

「でも」

「あとはふたりで話すからお茶もコーヒーもいらない」

ドアの外の男の声に瑠美はギョッとした。

（まさか……）

そう思ったとき、ドアが開いた。哲志だ。

「こんな時間に呼び出されるとは参ったね。弟のことで何の話だ。喧嘩でもしたのか。それとも結婚することに決めたのか」

瑠美に呼び出されたとお手伝いに嘘を言って、ここまで上がりこんだようだ。朝比奈興業の長男とあっては、お手伝いも玄関に入れるしかなかったのだろう。

「あまりに早いんでびっくりしたわ。煩いクラクションはあなただったの？」

「ただいま到着って合図さ」

「呆れた。近所から文句が出るわ。他人のことは考えないの？」

「考えてるから、すぐに来てやったんじゃないか。あ、きみ、もういいよ。こんな時間に手間をとらせて悪かった」

哲志は困惑しているお手伝いに言った。

「外で話そうかしら。乗っけてくれる？」

「深夜のドライブをしながら相談ごとか。ま、いいさ。弟ときみのためならひと肌脱ぐさ」

瑠美は簡単に身づくろいをすると哲志といっしょに外に出た。

「何よ、勝手に人の家に上がりこんで。ほんとに呆れた人」

「勝手に二度も電話を切りやがって、おまえの方が呆れた女だ」

ふたりになると、さっそく喧嘩の続きがはじまった。

「ともかく乗れ」

真っ赤なポルシェがとまっている。

「サーキットのつもり？　煩いはずね」

見るからにスポーツマシンといった超高速カーだ。

助手席のドアをあけた哲志は、瑠美を押しこんだ。

「副社長とはいつからだ」

エンジンをかけた哲志は、真っ先にそう聞いた。

「妻子がいるくせに妬《や》いてるの？」

瑠美は哲志の横顔を見て唇をゆるめた。

乱暴に車はスタートした。

東名高速に乗った哲志は、厚木インターで下りるまで、ひと言も喋らなかった。

「勝手にしたら？」

瑠美は助手席で眠ったふりをしていた。


「おい、下りろ」

「どこ？」

「厚木だ」

箱のような駐車場だ。どうやら一戸建のラブホテルで、二階が寝室になっているらしい。

背もたれに頭をつけたままでいると、車から出た哲志が助手席をあけ、瑠美を引っぱり出した。

「野蛮で乱暴ねェ」

「おまえの好みだろ」

「おまえおまえって、妻子ある男におまえ呼ばわりされる筋合いはないわよ！」

がっしりつかまれた腕を引きほどいて、瑠美は哲志を睨みつけた。

「それは失敬、若社長。それとも、君塚のお嬢様がいいか」

また瑠美の腕を鷲《わし》づかみにした哲志は、車庫の脇の二階への階段をズンズンと上がっていった。

部屋は瑠美が思っていたより豪華だ。ゴタゴタしていないのがいい。壁は臙脂《えんじ》色。シンプルなダブルベッドで、ベッド脇に張られた鏡にもケバケバしさはない。ラブホテルにしては、部屋が贅沢すぎるほどゆったりしている。

「ふうん、いつもこんなところに女を引っぱりこんでるの？　ちょっと遠かったんじゃない？　新宿の自分のホテルにすれば時間を節約できるのに。従業員に密告されて奥さんにバレるのが恐くなったのね」

「派手に声をあげられたんじゃかなわないからな」

ニヤリとした哲志は、ベッドに瑠美を押し倒した。

「あう！　強姦する気？」

「いまさら強姦もへったくれもあるか」

本気になった哲志の力は想像以上だ。瑠美の抵抗などものともしない。あまりに乱暴な行為に、哲志を甘く見ていた瑠美は焦ってきた。

痣《あざ》がつくほど腕をつかんで折りまげたり、全身をひっくり返したりして、哲志は瑠美の上着やブラジャーを脱がせていった。瑠美は焦っている。それがわかるだけに哲志の血も熱くなって騒いだ。

「こうなればジャジャ馬も手が出せまい」

哲志は後ろ手に手錠をかけた。冷たい金属が両方の手首に当たって鈍い音をたてたとき、瑠美の焦りと不安は最高潮に達した。

「何するのよ！」

「騒乱罪を適用して逮捕だ」

哲志は勝ち誇った顔をして仰向けにした瑠美を見おろした。

「はずしなさい。いますぐ！」

「イヤなら自分ではずしな」

プリプリした乳房がうまそうに弾んでいる。哲志はそれをつかんだ。瑠美が自由な足で哲志の太腿を蹴《け》り上げた。

「痛《いて》ェ！　やりやがったな」

バスローブの紐を取った哲志は、後ろ向きに瑠美の腹に乗り、足首を縛り上げた。

「おう、なかなか色っぽい芋虫だ。芋虫にも色っぽいのがいるとは思わなかった。ざまァみろ」

憎々しげに睨みつける瑠美をフンと鼻先で笑った哲志は、スカートを下げ、切れこみの深いショーツを膝のあたりまで引きずり下ろした。

「覚えてらっしゃい！」

「ああ、ボケないうちは覚えててやるさ」

左の乳房を両手で左右から絞るように包みこみ、頂点の可憐な果実を口に入れた。

「くっ」

拘束されてこんなことをされると感じすぎる。声を出すまいとしても、皮膚という皮膚が神経そのものになってしまったようでジンジンする。

瑠美は唇を嚙み、躰をくねらせた。

哲志の唇は乳首から乳房全体へ。肩や首筋から、ふいに腹部へと移ったりした。

ひっくり返され、背中を舐めまわされた。臀部に舌が触れたとき、瑠美はピクッと腰を浮かせた。

「ジャジャ馬も女だけあって、よく感じるじゃないか。ケツの穴まで舐めてやろうか」

瑠美は総身の力を振り絞って反転し、仰向けになった。

「いい加減になさい！　男なら、こんな狡《ずる》いことはやめて、堂々と抱きなさいよ。M女といっしょにされちゃ、たまったもんじゃないわ。こんなことしたいなら、お金使ってSMクラブにでも行ったら」

「金を使って女を自由にするのは俺の趣味に合わないんでね」

足に乗った哲志は、腹這いになって濃い翳りを掌で撫でさすった。女の恥毛は、案外と男より堅いことが多い。漆黒の光沢を放つ瑠美の恥毛も堅い方だ。

「ヘンタイ！　卑怯者《ひきょう》！　クズ！」

重石《おもし》のように足に乗られていては身動きできない。唯一自由なのは口だけだ。瑠美は哲志への呪いの言葉を吐き続けた。

足首を括《くく》っているが、できるだけ大きく膝を割った哲志は、ワレメが濡れているのに気づいた。体中舐めまわしたあげく乾いていたらどうしようもないが、瑠美のような勝ち気な女を、この一方的な状態のなかで濡らしたとなると悦びもひとしおだ。

花びらをくつろげ、肉サヤを舐めあげた。

「んんっ」

　抑えた瑠美の声もいい。どれだけ我慢できるかやってみろと、哲志は女のデリケートな器官を細心の注意をはらって舐めまわした。

　副社長のザーメンの匂いがするかと思ったが、男の匂いはしない。ビデで洗ったのかもしれないが、落胆せずにすんだ。それでも、身近にいる男とできているとなると面白くない。

「くっ……あう……」

　尻がクネッと動きまわる。総身でずり上がろうとしている。声を出すまいと必死に耐えている瑠美がわかるだけに、哲志はできるだけ声をあげさせたいという気になった。

「んんん……」

　瑠美の息がだいぶ荒くなっている。もうじきエクスタシーだ。そう判断した哲志は顔を上げ、半身を起こした。イク瞬間のジャジャ馬の顔を観察してやるつもりだ。

　哲志はぷっくりしている肉のマメをそっと揉《も》みしだきながら、瑠美の顔を見おろした。

　勝ち気な目で哲志を睨みつけた瑠美だが、迫ってくる快感をどうすることもできない。小憎らしい乱暴な男のくせに、ナヨナヨした男のような指の動きで、敏感な肉のマメをやさしく揉みしだいている。

「ん……く……んん」

「イケよ。ヌルヌルがいっぱいだぞ。不感症でなくてよかったな。勝ち気な上に感じないとあっちゃ、嫁のもらい手がないもんな」

「く……」

癇《かん》に障ることを口にする哲志の指は、その間も休むことなく確実に瑠美を昂めていった。声を出すまいと瑠美が唇を嚙みしめると、哲志に聞こえる荒い息が鼻から噴きこぼれる。指から逃れようと尻を動かすと、指もいっしょについてくる。もう限界だ。

「んんっ！」

口惜しさに地団駄踏みたい心境だが、眉間に皺を寄せた瑠美は、絶頂を迎えて総身を痙攣させた。

（この女が欲しい……）

口をあけてエクスタシーを彷徨《さまよ》う美しい女豹を眺め、哲志は瑠美への思いをいっそう深くした。

足首の紐を解き、ひっくり返した。後ろから女芯に肉杭を押しこんだ。

「くっ」

くぐもった声を上げた留美の肉ヒダが、やんわりと哲志の肉根を包みこんで締めあげた。

「卑怯者！　そろそろ手錠をはずしなさいよ。こんなふうにしないと女を抱けないなんて最低の男ね。そんな卑劣な男とは二度と会わないわ。その前に、あなたの家庭を壊してやるわ。そっちがマナーを守らないなら、こっちだって何でもやってやるわ」

貫かれていながら絶対負けを認めようとしない瑠美に、哲志は苦笑した。ひとつになったまま鍵に手を伸ばし、手錠を解いた。

「バカにして！」

自由になった手を脇に下ろした瑠美は、勝手にしろとばかり、人形を決めこんだ。

哲志は腰を持ち上げ、抽送した。しかし、手応えがなくなった。面白くないが、ここまできたからにはと、ともかく哲志は抜き差しを続けた。

やがて哲志は気をやった。だが、瑠美は達しなかった。

瑠美の横で仰向けになった哲志は、天井を向いて大きな息を吐いた。

「こないだのセックスの方がよかったな」

「当たり前でしょ。卑怯なことするからよ。一方的なセックスがいいはずないでしょ」

「副社長とはいつからだ。帰国してからか。それ以前からか」

ふいにまた哲志が小島のことを口にした。

「ばァか。何もしてないわよ。死んだ父より年上なのよ。私が生まれたときからアンバーで働いているのよ。きっとオシメも換えてもらってるわ。そんな人とセックスできるはずないでしょ」

小島の名誉のために、瑠美は何があったか言うつもりはなかった。今後は、セックスはなくても、今夜以上のことが小島との間にあるだろう。だが、それを言わないことは人としてのマナーだ。

「本当に何もないのか」

「ないわよ。勘ぐられただけで笑っちゃうわよ」

瑠美は風呂に立った。

湯船に浸《つ》かりながら、どうやって哲志に仕返ししてやろうかと思った。このままでは気がすまない。

哲志がやってきた。

「今度は平等な立場でセックスしましょ。早く上がってきて。待ってるわ」

瑠美は心を許した顔をした。

「よし、そうこなくっちゃな」

満面に笑みを浮かべた哲志に背を向けた瑠美は、ふふと笑った。

さっき自分を拘束した手錠を、低いベッドの足下の方に隠す。そして、布団に入った。

風呂から上がってきた哲志は何も疑っていない。裸身を瑠美の横に滑りこませた。

抱き合って濃密なキスを交わした。哲志の肉茎はすぐに大きくなった。

「元気のいいボウヤにキスしたいわ。フェラチオ好きでしょ」

「このセクシーな唇で触られたとたんにイッちまうかもしれないな」

「いいわよ、オクチの中でイッても。オシャブリしてるとこ、あんまり見ないで」

引き上げた布団を、さりげなく哲志の顔にかぶせた。

哲志の膝に尻を乗せ、足下に隠していた手錠を足首にかけた。

ハッとして布団をどけた哲志に、瑠美はとびっきりの笑顔を向けた。

「鍵はどこにあるでしょう。ベッドの近くを探すことね。兎跳びで動けるでしょ。そのままじゃ、ブリーフもズボンも穿けないのよ」

自分の服を手にした瑠美は、入り口付近で身繕いをはじめた。

舌打ちした哲志が、枕の下やシーツの下をゴソゴソと探しだした。そこにないとわかると、ベッドから下り、ベッドの下に手を入れた。

服を着終わった瑠美は、跪いてベッド周辺を探しまわっている哲志を見て笑いだした。

「何をお探し？　もしや、これではないかしら」

手錠の鍵を振ってみせた。

「汚いぞ」

「どっちが汚いのよ。さっきのお返しよ。謝りなさいよ。でないと、このまま置いて行っちゃうわよ。ほら、あなたの愛車のキーもあるわ」

哲志の車の鍵を見せた。

「コソドロの真似しやがって」

「真似じゃないわ。本物のコソドロよ。私はすぐにここを出て、東京まで車をすっ飛ばして帰るわ。相当スピードが出そうだもの。で、あなたはその哀れな格好のままここにとり残されるわけよ。ああ、ぶざまね。可哀相《かわいそう》。朝比奈興業の跡取りが、素っ裸のまま足に手錠をされてラブホテルに残されたとあっては、世間は面白がるわね。週刊誌に電話しときましょうか。それとも、奥様に迎えにくるようにと連絡しておきましょうか」

これまでの仕返しとばかり、瑠美は鼻先で笑った。

「手錠の鍵、ここの人に預けとくわ。あなたを自由にしてくれるのは男かしら。女かしら。週刊誌の記者や奥様よりは、まちがいなく早く来てくれるわよ」

「ふん、ジジイかバアさんだろうさ。若い女でないのは確かだ」

ふてくされた哲志はベッドに仰向けになった。

「さっさと帰れ。すぐに車の盗難届を出すからな。東京に着く前にパトカーに乗ることになるぞ」

　哲志は腕を頭の下に敷いた。

「謝ったら許してあげるわ。恥をかかなくてすむわよ」

「ふん、女に頭を下げられるか。ジジイかバアさんに裸を見られる方がよっぽどましだ」

　哲志は天井に向けた目を、もはや瑠美に向けようとはしなかった。

　謝らせたいが、悪かったと謝る哲志を見たら興ざめするような気がする。居直っている哲志に、瑠美はほっとした。やっぱりほかの男とはちがう。誉めてやりたいが、それもプライドが許さない。

「諦めがいい男ね。今回だけは勘弁してやるわ。そのかわり、きっかり十分しか待たないわ。それまでに来なかったら、あなたの愛車を運転して帰るから、タクシーか徒歩で帰ってらっしゃい」

　手錠の鍵をベッドに放った瑠美は、片手でバイバイをし、ゆうゆうと部屋から出ていった。

「チクショウ！　女狐め！」

　閉まったドアに向かって吐き捨て、時計を見た。

「あいつなら十分きっかりしか待たないな。クソッタレ！」

　哲志は急いで手錠を開錠し、慌ただしく服を身につけていった。

第四章　ふたりの女王

I

「やっと会えたわね。変わってないみたいじゃない。安心したわ」

約束のホテルのティールームにやや遅れてやってきた瑠美を、緑川愛子《みどりかわあいこ》が上から下まで眺めた。

「人間なんて、そうそう変わるものじゃないわ」

「だけど、その年でアンバーの社長になって、日本中をあっと言わせたんだもの。どんな感じになってるかちょっぴり不安だったわ」

「落胆させてごめんね」

瑠美は笑った。

愛子は、不動産賃貸業や販売仲介をしている緑川ビルディングの社長夫人に納まっている。

二年前の二十四歳のときだ。

「社長夫人の日常はどう？」

「亡くなった先妻の子は、大学四年の二十二歳と十八歳の高校三年生よ。それも、ふたりとも女。私と姉妹みたいなものでしょ。姉妹のノリでいこうと思ったけど、敵はなかなか手強《てごわ》いわ。継母虐《ままははいじ》めの話を聞いてくれる？　涙なしじゃ語れないし、涙なしじゃ聞けないわよ」

滔々《とうとう》と喋りそうな愛子の雰囲気だ。

「さあ、どっちが虐めてるのやら。愛子が継子《ままこ》の虐めに泣いたり耐えたりする女じゃないことは、私がいちばんよく知ってるわ」

愛子が家庭のことで口をひらく前に、瑠美は素早く待ったをかけた。

「まあ、冷たいのね」

口を尖《とが》らせた愛子は、コーヒーカップを持ち上げた。

「私ね、ビアレストランとちがう店を出すつもりなの。それで、愛子にも手伝ってほしいのよ」

傾けたコーヒーカップを下ろした愛子が、好奇心たっぷりの目を向けた。

ぱっちりした愛子の目は、学生時代から男たちを惹《ひ》きつけていた。身長百七十センチ。プロポーションもよく、男を楽しませる術《すべ》も心得ていた。セクシーな厚めの唇を動かせば、それだけで男の股間が騒ぎだすと言われたほどで、マリリンという愛称があった。

喫茶店で何人かとお喋りしていたとき、たまたま隣り合わせた席の銀座の高級クラブの支配人からバイトしないかと誘われたこともあった。そんな専門職の男にさえ、愛子は目をつけられる女だった。

街角で、タレントにならない？　とか、雑誌のグラビアにぜひ写真を、などと言われるのとはちがう。男と上手につき合い、楽しませ、喜んで高額の金を出させるのに適した女だと、客商売のプロに思われたのだ。

ホステスは美人だからといってやっていけるものではない。プロポーションでやっていけるものでもない。男心を惹く知恵や話術も必要だ。

愛子は銀座のクラブホステスは断ったが、そのあとでふたまわりも年上の緑川克則《かつのり》と知り合い、すぐに大金持ちの彼の心をつかんでしまった。これぞという男をはずしたことがないのも愛子の凄さだ。

ショートカットの耳元に光るダイヤのイヤリング。シルクのブラウスの胸元で光る、イヤリングと揃いのダイヤのネックレス。左手の薬指のダイヤの指輪と、中指に塡《は》めている上質のキャッツアイの指輪。二十六歳の女が身につけるものにしては過分の宝石だ。

「何を手伝えばいいの？　退屈してたの」

愛子の目が生き生きとしている。

「退屈してるからキンキラさせてるの？　愛子、趣味悪くなったわよ。ダイヤはいいけど、中指にまでキャッツアイすることないじゃない。邪魔っけでしょう？」

「ああ、これ？　気に入ってるの。先週買ったばかりなのよ。いいキャッツアイでしょ？出入りのジュエリーショップの店長が、五十万円安くするっていうもんだから。もっとも、ほかに三点まとめて買っちゃったからだけど」

「呆れたわね。そんなことにしか興味を持たなくなったら、すぐにボケるわよ。宝石に興味を持つより、今度は緑川氏以上の財産家を狙おうと、目をギンギラに輝かせてほしいわ。キャッツアイを指にするより、自分のオメメで輝きなさいよ」

「瑠美も相変わらず恐い女」

愛子はクスッと笑った。

瑠美はまだ内密にということで、新しい店の計画を話しはじめた。大学に入ってすぐに知り合った愛子のことを、瑠美は心底信用している。男を騙《だま》しても、女同士の友情を裏切る愛子ではない。

「それ、いいわ。いいわよ、瑠美」

話を聞くうちに、愛子は身を乗り出してきた。

「そういう店ができたら、私、このキャッツアイを売って、一日可愛い男を借り切っちゃう。

こんなものよりいいわ」

愛子は指からキャッツアイを抜いた。

「男のための店が多いのよ。アンバーの美男子君たちなら、そりゃあ、絶対いけるわよ。オバサマは……いえ、お姉さまはメロメロになりそう。このキャッツアイいる？　店を出す資金にしていいわよ」

指輪を差し出す愛子は、完全に躁《そう》状態だ。

「そんなキャッツアイ一個じゃ何にもならないわよ。私が愛子に頼みたいのはね」

以前から知り合いの多い愛子だが、緑川夫人になってから二年になり、知り合いは格段に増えただろう。その知り合いに用があった。

かつてドイツにいた瑠美に、愛子はよく手紙を送ってきた。

「金持ちはパーティがお好きみたい。宝石とドレスを競い合うところなの。一回きりしか着れないようなド派手なドレスが、ドレッサーを満腹にさせてるわ」

そんな手紙といっしょに、立食パーティでカクテルグラスを持って笑っている愛子自身の写真が入っていた。新調したドレスを見せたいための手紙とわかった。

〈〇〇夫人お誕生パーティ〉とか〈〇〇夫人ご子息初等科合格祝いパーティ〉とか、思わず笑ってしまうような滑稽なパーティのオンパレードだった。

「愛子のお仲間のご夫人たちも、たいてい可愛い子が好きよね」

「好きに決まってるわ。ホストクラブに大金をつぎこんでる人も珍しくないもの。揃いのティファニーの腕時計を買って渡したとか、フランスに連れていってスーツを作ってやったとか、そりゃあ大変なの。なかでもいちばん笑えたのは」

愛子はふいに口を押さえ、肩を震わせ、クククッと掌の内側で笑った。

あるホストに入れこんだ四十代後半の女が、十二色のシルクの生地で、自分のショーツとホストのトランクスを十二枚ずつ作らせたという。

そのホストに会うときは、必ずトランクスの色を指定する。自分も同じ色のショーツを穿いていく。ホストのトランクスには、自分と男の名を刺繍《ししゅう》させ、相合傘に入れていたという。

「ね、笑えるでしょ？　ホストとシルクのトランクスというのだけで何となくおかしいのに、それに相合傘に入ったふたりの名前というんだもの。ホストにとっちゃ迷惑な話よね」

「いまのままじゃ、愛子もそんな女になるわよ。二十六歳でダイヤにキャッツアイだものね」

瑠美は冷ややかに言った。

「やァだ。私は年とっても、そこまでオバサンしたくないわよ」

愛子はまたククッと笑った。

愛子には新しい店の第一陣となる客たちを確保してもらうつもりだ。会員制の、かなり秘密保持の強い店となる予定なので、金があれば誰でもいいというわけにはいかない。愛子の鋭い嗅覚《きゅうかく》で、質のいい客を集めてもらおうというわけだ。

「それから、もうひとつ、調教も頼みたいの」

「チョーキョー？　まさか……その……ワンちゃんの調教とかのあの調教？」

「そう。私ひとりじゃ大変なのよ。もうだいたいの目星をつけて調教にかかってる子もいるんだけど、社長業もあるし、時間は限られてくるもの。その点、愛子は暇そうだし」

「暇って言うけど、これでも継子との確執に、日夜激しい戦いをしてるの。毎日苦労してるのよ」

愛子は頬を膨らませた。

「娘じゃなくて息子だったら苦労しなかったかしら」

「そりゃあそうよ。誘惑してオチ×チンを弄《もてあそ》んじゃうわよ。毎日がルンルンだったでしょうよ」

くふふと笑う愛子に、瑠美は頼もしいとホッとした。やはり愛子には若い男の調教はうってつけだ。愛子とコンビを組めば、夢がますます現実に近づく。

働く男には、客に絶対服従させること。けれど、客よりさらに上に君臨するのが瑠美であり愛子であることを、徹底的に教えこまなければならない。

男に対する飴《あめ》と鞭の使い分けは、愛子にはくどくどと話すまでもない。愛子はなよなよした可愛い女になって男をコロリと騙すこともできるし、女王様のように男を従わせ、足《あし》蹴《げ》にすることもできる。どちらもうまく使い分ける女だ。だが、本当の愛子は瑠美により近い。

「瑠美、あなたはやっぱり最高の友達よ。人生がまたまた楽しくなってきたわ。やりましょう。そんなに楽しいお店なら、何も会社からお金を出すことはないわよ。私との共同名義でやらない？　会社の連中にあれこれ言われるなんてまっぴらじゃない」

愛子の目は、徐々にダイヤよりキラキラしてきた。学生時代の好奇心旺盛な愛子の目だ。不可能なことは何ひとつないと信じこんでいる頼もしい目だ。

「資金、半々でどう？　私だって、自分のお店ぐらい持ってみたいわ。私が緑川ビルディングの社長夫人だってこと、忘れてるわけじゃないでしょ？　いい場所にいくつもビルを持ってるのよ。損な話じゃないでしょ。瑠美だって、遺産相続で、個人の資産もたっぷりあるはずよね」

そうよ、その調子と、瑠美は愛子の口から次々と出てくる力強い言葉に拍手を送りたくなった。

「宝石より若い男の方がいいわ。きょうでダイヤなんかにはバイバイして、可愛いペットちゃんの調教よ。乾杯！」

空のコーヒーカップをグラスのかわりに、愛子はチンと瑠美のカップと合わせた。

2

可愛い無垢《むく》な子羊は、白い胸をときめかせながら瑠美の訪れを待っているだろう。

わざと十五分遅れて、瑠美はホテルのスイートルームをノックした。

ほとんど同時にドアがひらいた。

ホテルのバスローブをまとった安達英史は、早くも頬を紅潮させている。

部屋に一歩入った瑠美のショルダーバッグを、つきっきりの召使いのようにさっと受けとり、デスクに乗せた。

「お風呂はいっぱいになってるでしょうね」

「はい」

「すぐに入るわ」

たちまち英史は瑠美の後ろにまわり、ロングベスト風のノースリーブジャケットを脱がせ、ハンガーに掛けた。よく飼い慣らされた召使いのようだ。

英史は瑠美が気に入るようにときびきび動きながら、ジャケットに蓄えられていた体温や、その甘やかな匂いを胸いっぱいに吸いこむことを忘れなかった。

鼻孔をくすぐるもわっとしたかすかな匂いは、ほんのわずかな香水の残り香と、瑠美のやさしい体臭の混じった、世界にひとつしかない貴重な匂いだ。この匂いを嗅ぐと、若々しい肉茎はすぐさま奮い立った。

「どう？　ボウヤは元気になってる？」

振り返った瑠美が、英史のバスローブの前をさっとはだけた。

「あ……」

反り返っていたきれいな色の肉茎が、ヒクッと動いた。亀頭の先から粘液が溢れた。

「ふふ、いつも元気ね。そろそろ男にならなくちゃね」

英史の顔に光が射した。

「いい子だったら童貞を卒業させてあげるわ。そのバスローブを脱いでから、お仕事の続きをなさい」

硬く立ち上がってひくついている肉茎を恥じらいながらも、英史は素裸になった。

男にしておくのがもったいないようなすべすべの肌。まるで芽吹いたばかりの若葉だ。これから急速に成長し、堅い骨格を持った男の体型になっていくのだろうか。できるなら、永遠にこの若葉のままの英史で保存したい。この若葉を弄《もてあそ》びたい。瑠美は若葉でなくなる日の英史を想像したくなかった。

英史は、じっと立っている瑠美からパンツのベルトを抜き、明るい花柄のTシャツを脱がせた。透けた感じのベージュ色のボディスーツが現れた。胸がつんと突き出ているのを目にすると、それに包まれている白い乳房とピンクの果実が頭に浮かび、また英史の剛直がクイクイッと動いた。

アウターを脱がせ、インナーごしの女園が現れる瞬間がもっともドキドキする。

英史は瑠美の正面に跪《ひざまず》いた。パンツを下ろすためだ。跪くのは、パンツを脱がせやすいからだけでなく、ちょうど英史の顔の正面が瑠美の秘部の高さになり、パンツやスカートが腰から抜けるとき、あのクラクラする女の匂いが、ほんのわずかだがこぼれ出て、その匂いを嗅ぐことができるからだ。

正面から瑠美のパンティを下ろしていく。

腰があらわになり、秘密の部分を覆うものは薄いボディスーツ一枚になった。ベージュ色なので、濃い翳りが黒く透けて見える。直接見てももちろん興奮するが、うっすらベールに包まれている翳りには、また異なった昂りを覚える。

　バストもウエストもヒップも、ピタリと形よく包みこんだインナーだ。ほとんど水着といっていいようなボディスーツのストラップを肩から落とし、皮膚のようなインナーを肌から離した。

　その瞬間、肌に密着していたインナーから、体温を含んだ甘やかでかぐわしい匂いが漂い出た。

「ああ……瑠美さんの匂いは世界一だ」

　うっとりしている英史を見て瑠美は唇をゆるめた。

「世界一なんて、ほかの女の匂いも知らないくせに、そんなこと言えるの？」

「知らなくても、世界一だってことぐらいわかる……」

　もっと自分の熱心な気持ちをわかってほしいと、英史はもどかしかった。

「さ、お風呂よ」

　湯船にはたっぷりと湯がためられている。

　髪をアップにした瑠美が躰を沈めると、音をたてて湯が溢れた。

「いらっしゃい」

　屹立《きつりつ》した肉茎を両手で隠し立っている英史は瑠美に呼ばれ、大きな息をした。瑠美といっしょに風呂に入れる光栄に、浴槽を跨《また》ぐとき足が震えた。

瑠美と向き合って浸かった。だが、最初に入った瑠美がやや腰を曲げているものの、閉じた足を中央に向けているので、英史は隅っこで縮こまっていた。眩しすぎて、瑠美をまっすぐに見ることができない。太腿のあわいが痛くてたまらなかった。

「隅っこでそんなにしてないで、足をひろげて私の躰の両側に伸ばしてごらんなさい。ペニスがどのくらい元気か見てあげるわ」

足をひろげた瞬間、もしかすると射精してしまうかもしれない。それほど英史は昂っていた。瑠美の言葉に困惑した。

「早く！」

やや声を荒げた瑠美の声が反響した。

前を押さえたまま、英史は足をひろげた。

「手をどけて！　邪魔なその手はバスタブでも握ってなさい」

白い英史の胸が喘ぎ、喉が鳴った。

「早く！」

いちだんと強くなった語調に、英史は肉根から手を離し、左右のバスタブをつかんだ。ひくついている肉茎を見やり、瑠美は目を細めた。

「触らないでもイキそうじゃないの」

息も荒い英史の顎を掌で持ち上げた。いっそう鼻から洩れる息が強くなり、ぷっくりした可愛い唇がかすかにひらいて震えた。

瑠美は英史の顎を掌に乗せたまま、別の手でその唇をそっとなぞった。

「男にしてあげるわ。そのかわり、これからは私のどんな命令も拒んじゃだめよ。どんなことにでも耐えられるかしら」

英史はふるふると震える唇を開き、はい、と掠れた声を出した。

はじめてふたりきりになれた日、四つん這いになるように命じられ、自分の手で肉茎を慰めるように言われた。あの死ぬほどの羞恥も、瑠美の命令だからできた。瑠美の命令なら、どんなことでもできる。躰だけでなく、心も同時にエクスタシーに打ち震える。

「可愛い子ね」

腹につきそうなほど反り返っている剛直を、瑠美はギュッと握りしめた。

「あう！」

英史は呆気《あっけ》なく射精した。バスタブを握る手に力を入れ、セクシーな口をあけて総身を震わせた。亀頭から白いものが噴射し、透明な湯を汚した。

「あら、こんなにすぐイッちゃったら、童貞なんか卒業できないじゃないの。お風呂のお湯も汚しちゃって」

「ごめんなさい……」

「お仕置きしなくちゃね。あっちを向いて壁に手をつきなさい」

英史は瑠美に背を向け、浴槽内に立って壁に手をついた。

「いけない子！」

瑠美の手が、濡れた白い尻たぼを打ちのめした。浴室に派手な肉音が響きわたった。

「あう！」

尻肉が緊張した。

瑠美は五回、力いっぱい打擲《ちょうちゃく》した。肉音と英史の悲鳴にゾクゾクした。叩きのめすたびに、じわりと秘芯から蜜が溢れた。

白い尻肉はたちまち真っ赤になった。

打擲する瑠美が興奮しているように、仕置きされる英史も興奮していた。またまたたく間に股間のものが堅く反り返った。

「またおっきくなったのね。お仕置きが好きなの？」

「瑠美さんにされることなら……何でも……好きです」

胸を喘がせる英史は、壁に手をついたまま、肩ごしに言った。

「今度は大丈夫かしら。ベッドにいらっしゃい」

シャワーで躰を流した瑠美は、一足先に浴室を出た。

やってきた英史は、鈴口から粘液を溢れさせていた。

「入れる前に、私の花びらやオマメをオクチで上手に舐めなさい。いっぱいヌルヌルが出てきたら入れていいわ」

英史のクンニを見るため、瑠美はピローをふたつ頭に敷き、足をひろげた。

これから憧れの瑠美とひとつになれる。夢のようで、英史の頭は熱くなり、心臓は恐ろしいほど高鳴った。鈴口からまた樹液が溢れた。

濃い翳りをかき分け、ぶ厚い肉の花びらをくつろげた。これから英史を受け入れる花壺がねっとり光っている。指を入れるとあたたかく、キュッと締めつけてくる膣ヒダ。その妖しい花壺に包まれたとき、英史は童貞を卒業し、男になれる。憧れ、尊敬してやまない瑠美の手で男になれるのだ。

左右の花びらを交互に唇で挟んだ。やわらかすぎる肉の花に触れると、自分の敏感な部分を触られたときのように全身に電気が走っていく。

肉根を入れるところに舌先を尖らせて押しこんでみた。ヌルッとした蜜液がすぐさま溢れてきた。唇の先で肉のマメを軽く吸い上げた。瑠美が好きな愛撫《あいぶ》だ。

「あう……」

豊臀がかすかに持ち上がった。

ペチョペチョと音をさせながら、外性器全体をまんべんなく舐めまわした。ヌルヌルでいっぱいになった。

「もういい？　入れていい？」

顔を上げた英史は、もう待ちきれないといった感じだ。口辺は蜜でてらてら光っている。

「その前にオッパイを吸わせてあげるわ。男になる前に赤ちゃんになってごらんなさい」

瑠美は英史を胸に軽くかぶさるように指示した。

すぐさま両手で乳房を握った英史は、むさぼるように右の乳首を口に入れ、吸い上げた。

「くふふっ、くすぐったい。ほんとに赤ちゃんみたいね。あう、強く吸っちゃだめよ。いくら吸ってもミルクは出ないんだから」

夢中に吸っているだけ、素直な髪を持った英史の顔がわずかに動く。チュチュッと、ときどき愛らしい音をさせる。

英史は光栄だった。こんな豊満な乳房を握りしめ、尊い果実を口にできる。口の中で果実は甘い汁を出して溶けてしまいそうだ。だが、最初よりだんだん硬くしこってきた。

「ふふふふ、赤ちゃんはおしまいよ。今度は大人になるのよ。硬くなってるコレを、私の中に入れることができるかしら」

コレと言うとき、下から手でムンズと肉茎を握られ、英史は乳首を放して、あっ、と短い声をあげた。

「ボウヤがヌルヌルしてるわ。オユビが汚れちゃった。きれいに舐めなさい」

濡れた掌を英史の口のところに差し出すと、舌が伸び、仔犬のようにペロペロと掌を舐めた。

「自分の味、どう？」

「ちょっと塩っ辛いみたいで、瑠美さんのジュースの味にも似てる……でも、瑠美さんのジュースの方がずっとずっとおいしいけど」

「いま出てるのはザーメンじゃないものね。もういいわ。さ、コレを入れてごらんなさい」

肉根を握られた英史に、ビリビリと電気が走った。また先走り液が溢れた。

「じっとしててもだめよ。自分で握って入れなきゃ」

わかっている。だが、はじめてのことで、しかも、天上人といった瑠美が相手で、総身が硬直している。

「食いつきはしないわ。やさしく握りしめてあげるだけよ。恐くないから入れなさい」

肉茎を握った英史は、喉を鳴らしながら亀頭を秘芯に挿入しようとした。ねっとりとあたたかい粘膜。だが、女芯がどうなっているかわかっているはずが、なかなか花壺に入れられない。あれだけじっくり見て舐めまわしてきた場所だというのに、肉茎の先は秘芯を探せずに迷子になっている。

　熱い鼻息をこぼしながら、必死に入口を探した。

「ふふ、オクチであんなに触っていながら、どこが入口かわからないの？　そこは花びらよ。ううん、そこもちがうわ」

　英史は泣きたくなった。

「慌てなくていいの。花びらがわかったら、その間の下のほうに入口があるはずでしょ。ペニスの先でゆっくり探っていってごらんなさい」

　瑠美に言われるまま、亀頭で花園を探った。だが、目をつぶっていても、口で触れればすぐにどこかわかるようになっているのに、やはり剛棒でははっきりしない。

「どこ？　ここ？」

「ちがうでしょ。自分で探しなさい」

　瑠美の口調はやさしい。だが、広大な海の、ある一点を探しあぐねている小舟のような心細さになってくる。

　もしかして、入口が魔法で閉ざされてしまっているのではないかと思えてきた。そうでなければ、なぜたったあれだけしかない女の部分から、子宮への道を探し出せないのだろう。

「わかんないよ……瑠美さんどこ？　教えて……」

心細い声を出す英史に、瑠美はクスリと笑った。

「迷っちゃうほど広いお花畑なの？　そのペニスを少しだけ右に寄せて。ストップ。それから下にずらして。そう。ゆっくりね。そこ！　そこよ。腰を沈めてごらんなさい」

英史は激しく高鳴っている鼓動を自分の耳で聞きながら、臀部をそっと落とした。吸いこまれるようにスルリと生あたたかい沼の中に沈んでいった。

「あっ！」

めくるめく快感が総身を突き抜けていった。英史はそれだけで精を噴きこぼした。

膣ヒダを押し広げるようにして三、四回子宮に向かって迸《ほとばし》っていったかすかな感触に、瑠美は早くも英史が気をやってしまったのを知った。悪戯心で膣ヒダをキュッとすぼめた。

「ああっ！」

英史が卵形の顎を突き出し、眉間に皺を寄せて喘いだ。

瑠美にむらむらと嗜虐《しぎやく》の気持ちが湧きあがった。

「童貞卒業よ。でも、すぐにイッちゃったから、少しお仕置きしなくちゃ。うんとお尻を叩かなくちゃ。そうでしょ！　お仕置きしてくださいって言いなさい」

瑠美の肉ヒダで気をやった恍惚感に、英史は瑠美にならどんなことをされてもかまわないと、これまで以上に強く思った。このまま首を絞められて殺されても文句は言えない。むしろ、気をやりながら死んでいけるような気がする。

「瑠美さん、僕をお仕置きして。僕はすぐにイッちゃったんだ。瑠美さんを気持ちよくさせられないまま、自分だけイッちゃったんだ。うんとお仕置きして」

仕置きに期待している英史が瑠美にもわかる。いまなら、踏まれても殴られても悦びの声をあげそうだ。

「ベッドの縁に上半身を預けたら、うんとお尻を突き出すのよ」

素直に躰を預けた英史の、女とはちがう白く小さな尻たぼを撫でまわした。

「歯を嚙みしめて」

思いきり腕を振り上げて尻肉をひっぱたいた。

「くっ！」

パシッととびきり景気のいい肉音がした。それだけ瑠美の掌もヒリヒリした。二度、三度と打擲すると、尻たぼに手形がついて真っ赤になった。瑠美の手の方が痺れそうだ。

四度めからはホテルのスリッパをとり、思いきり打ちのめした。掌で叩く方が音もいいし効きそうだ。だが、掌の痛みを考えると、代用品で打擲するしかない。

「ぐっ！　あうっ！　んんっ！」

骨までこたえているだろうと思ったが、ますます虐めたくなってくる。

やがて、尻が痛々しいほど真っ赤になった英史がすすり泣きはじめた。可哀相という思いより、血が妖しく騒いだ。

「男になったのに、お仕置きで泣くなんておかしいわよ。おしまいにしてあげるから、シャワー浴びてらっしゃい」

すすり泣く英史は躰を起こそうとしない。

「立ちなさい！」

声を荒げると、顔を上げた英史は、モゾモゾしてそこから動こうとしない。

「次はベルトで叩かれたいの？　お尻から血が出るわよ」

跪いた格好の英史は、ようやく膝で少しばかり動いた。

「まあ……シーツ汚しちゃったのね」

精液の染みができていた。お仕置きしたつもりが、英史は声をあげながら、ちゃっかりエクスタシーを味わっていたのだ。

この次からどういう仕置きをしようかと、瑠美はいっそう嗜虐的になっていく自分を感じた。

3

三日前の瑠美との時間は何と甘美な体験だっただろう。英史はそのことばかり考えて神経が昂り、睡眠不足だった。だが、頭が重いということはない。躰が地面から浮き上がっているようだ。

きょうは瑠美を待つのではなく、先にホテルにチェックインしているという瑠美から呼び出された。

エレベーターの動きがいつもより遅いように感じられ、非常階段でもあれば駆け上がりたいほどだった。

息を弾ませてドアをノックした。

瑠美がドアをあけた。

バスローブを羽織った瑠美を見るなり、英史は満面に笑みを浮かべた。

「僕、嬉しくて……あれからあんまり眠れなくて……」

声がうわずった。

「あ……」

瑠美の背後に誰かいる。英史の顔が強ばった。

「こんにちは」

声をかけた女のセクシーな厚い唇にドキリとした。モスグリーンのパンツスーツの似合うスラリとしたショートカットの女は、瑠美に劣らず女王様といった雰囲気だ。瑠美以外の者がいたことに落胆する一方で、この人となら少しぐらいいっしょにいてもいいと思った。

「私の大事なお友達のマリリンよ。こちらK大一年の英史君」

「よろしく……あの、マリリンっていうと、日本人じゃないんですか？」

「ふふ、本当は愛子さんっていうの。でも、大学時代からマリリンってあだ名があったの。モンローみたいに色っぽくてかっこいいでしょ」

「モンローなんて言っても若い子は知らないわよ。ね？　きみが英史君ね。瑠美から聞いてたわ。とても可愛い子だって」

瑠美が友達にも自分のことを話していたと知り、英史は自尊心をくすぐられた。

「私は先にシャワー浴びたの。マリリンといっしょにお風呂に入ってらっしゃい」

たちまち英史の顔から笑みが消えた。聞きまちがいではないかと、探るような目を瑠美に向けた。

「お風呂に入ってらっしゃい」

「さあ、私のお洋服を脱がせて。瑠美にしてやってるように」

自分の前に立った愛子に、英史は困惑した顔をふたたび瑠美に向けた。

「マリリンの言うことは私の命令と思いなさい」

ソファに腰掛けて足を組んだ瑠美の言葉には、英史が意見を挟む余地はなかった。でも
……と返したい言葉が、喉元で消えてしまう。言葉のかわりに、瞳で訴えた。

「どうしてさっさとできないの？　時間がもったいないでしょ！」

立ち上がった瑠美は、いきなり英史に強力なスパンキングを浴びせた。

「あう！」

「あぁら、可哀相なボウヤ。でも、瑠美はさっさと動かない子は嫌いなのよ。嫌われちゃったらどうするの？　これっきり会ってくれなくなるわよ」

愛子の言葉はスパンキングよりきいた。

英史は愛子のパンツスーツを脱がせはじめた。淡いグリーンのシルクのテディが現れた。キャミソールとフレアパンツがくっついたものだ。

瑠美より背丈もあるだけに、あらわになった美しい腕や足は、男が崇拝しなければならないもののように見えた。これまで知っている多くの女性とはまるでちがう瑠美。その瑠美に似て、愛子の躰も雰囲気も、やはり崇拝の対象に思える。だが、瑠美のいるところでは、ど

んな女性を相手にするのも気が咎《とが》める。けれど、瑠美がそうしろと言っている。英史は複雑だった。

ストラップを肩から落とし、テディを下ろした。

乳房は鞠のように大きく、グラビアで見た外人のように大きな乳暈《にゅううん》をしている。淡い桜の花びらのような乳暈の真ん中で、やはり淡いピンクの果実が飛び出していた。瑠美より大きな乳房と、瑠美より大きな乳暈。瑠美より大きな果実。瑠美より濃い肌の色。そして、瑠美より狭い範囲に生えている漆黒の恥毛……。それは丁寧に抜かれ、形よく整えられているのがわかる。

翳りを見ると英史から迷いが消え、単純に興奮した。

「今度はボウヤの服を脱がせてあげるわ」

愛子は英史を見ていると、早く可愛がりたくてウズウズした。五十になる夫と反抗ばかりしているふたりの娘。それに比べると、英史は人形のように愛らしい。

こんな息子がふたりの娘のかわりにいたら、どんなに毎日が楽しいだろう。血の繋がりのない息子を裸にし、いたぶり、徹底的にペットにしてしまうにちがいない。英史を見ていると、真っ赤な首輪をつけて連れ歩きたくなる。

シャツのボタンをはずしていく愛子に、英史は胸を喘がせ、鼻から荒い息をこぼしている。

肉茎がすでにエレクトしているのは、パンツの膨らみでわかる。パンツを脱がせたとき、トランクスがわずかに濡れていた。

「まあ、きれいなオチ×チン」

トランクスを脱がせた愛子は、童貞を失ったばかりという初々しい肉根を見て目を輝かせた。

「早くキスしてあげたいわ」

指で亀頭をはじくと、英史は女のように喘いだ。

シャワーを浴びた愛子は、英史の躰にシャボンを塗りたくった。腋の下を洗うと身をよじり、肉茎をつかんで洗うと、たちまち精液を吐き出した。

「あらあら……もうイッちゃったのね」

シャボンのように白い精液が洗い場に飛び散ったのを見て、愛子はクスリと笑った。

「すみません……」

オナニーをするときは射精の時間を調節できるのに、瑠美や愛子の前では、いくら我慢しようと思ってもあっというまに射精してしまう。けして早漏ではないと思っていたが、自信がなくなってきた。

「どうせ、すぐおっきくなるんでしょ。こんなふうにすると」

愛子はシャボンにまみれているしなだれたペニスをつかんで、軽く二、三度しごいた。

「ああう……」

すぐさま股間のものはムクムクと立ち上がってきた。

「ふふ、ほら、おっきくなった。若いときはすぐにおっきくなるからいいわね」

最近、どんなに頑張っても三、四日に一度しか勃起しなくなった夫を思うと、英史のペニスの回復力は魔法のようだ。

シャワーでシャボンを洗い流してやった愛子は、浴槽の縁に豊満な尻を下ろした。

「入れてごらんなさい」

足をひらくと、英史の目が磁石のように女園に吸いついた。

「いいのよ」

妖しい視線を向けられ、誘われた英史は、硬くなった肉棒を挿入する前に、愛子の膝の間に尻を落として正座した。

それから花びらをくつろげ、女の器官を眺めた。ぶ厚い瑠美の花びらに比べ、愛子の花びらは薄く小さく、色もかすかに淡い。肉のマメはひっそりとサヤに隠れ、瑠美より大柄にもかかわらず、器官の造りは小さい。顔がちがうように、ソコもみんなちがうのだと、英史は妙に感心しながら昂っていた。

股間に顔を埋め、小さな肉のマメに唇を当てて吸い上げた。

「あう……いい気持ちよ……いい子ね」

頭をつかみ、撫でまわした。

チョピッ、ペチョッ、チュッ。仔犬のように秘園を一心に舐めまわしている英史を見おろしながら、愛子はぬめりをどんどん出した。

(可愛いわ。この子を女にして犯したいものだわ。四つん這いにして後ろから……)

愛子はレズショーで見たペニスバンドを思い浮かべた。女が腰につけて、もうひとりの女の花壺を突く。だが、愛子はそれで英史の菊蕾を突いてみたかった。

「ボウヤ、ジュースがいっぱい出てるでしょ。おっきくなったものを入れてちょうだい」

ぬらぬらしている唇を離した英史は、愛子を見上げて大きく肩で息をした。

「さ、立って」

腕を引っ張った。

ヒクヒクと動きまわる剛直は、亀頭をねっとりした液で濡らしている。

英史は肉茎を握り、花園を探った。なかなか秘口が見つからない。

あっちこっちに亀頭を当てて腰を沈めようとし、そのたびに失敗する英史に、愛子は声をたてて笑った。

「ここ？　このへん？」

泣きそうな顔で尋ねる英史を、愛子はますます虐めたくなった。

「オユビで触って確かめて、それから入れたらいいでしょ。オチ×チンを握ってない方の手で触ってごらんなさい」

英史は左の中指で秘園を触った。花びらだ……。ということは、その間の少し下の方だ。

「あった！」

スルッと穴に入りこんだ指が嬉しくて、英史は思わず声をあげた。

「可愛いわね。さ、オユビとオチ×チンを交代なさい」

指を抜いた英史は、かわりにそこに肉根を押し入れた。

「ああ……」

すぐにイキそうになり、英史は息をとめた。

愛子が下から腰を突き上げた。

「あう！」

たった腰のひと振りで、英史は昇天して痙攣した。

「あら、またイッちゃったの？」

英史は情けなかった。だが、気怠い快感は総身を包みこんでいる。

「これじゃ、セックスにならないわねェ。いつになったらボウヤは腰を動かせるようになるのかしら」

「ごめんなさい……」

女壺から押し出された小さなペニスにうしろめたさを感じながら、英史は下を向いた。

「ふふ、無理に男にならなくていいのよ。私はボウヤを女の子にしたくなっちゃった」

愛子は花壺を洗い、英史のペニスを洗い流して風呂を出た。

「ゆっくりだったわね」

バスローブをつけたままベッドに横になっている瑠美が、意味ありげな笑いを浮かべた。

「ボウヤったら、二回もイッたのよ。一秒で」

英史は羞恥と屈辱にうつむいた。

「それでね、私、この子を女にしたくなっちゃった」

愛子は瑠美の耳元で自分の望みを囁いた。

「ふふ、いいわよ。何でもして」

瑠美が笑った。

愛子が何を囁いたかわからなかったが、妖しげな言葉のような気がして、英史はたちまち勃起した。

「ほら、また」

愛子が剛棒を軽く握った。英史は喘いだ。

「四つん這いになって、ボウヤが大好きな瑠美さんのオマタをナメナメなさい」

バスローブをひらいた瑠美が足をひろげた。瑠美はショーツ一枚つけていない。漆黒の翳りが秘園を守るように張りついている。

瑠美と愛子は何を考えているのだろう。瑠美の女園にクラクラしながらも、英史は女たちがためらいもせずいっしょにいることが理解できなかった。

「マリリンの声が聞こえなかったの？」

もたもたしていると瑠美に嫌われる。英史はベッドで四つん這いになった。だが、そうすると、瑠美の秘園を舐めまわすことができない。

「頭を低くするのよ。お尻だけ上げて」

すかさず愛子の声がした。

「それじゃあ手が使えないかしら。ココ、ひろげててあげるわ」

瑠美が自分で外側の陰唇を左右に大きくくつろげた。パールピンクの粘膜に、英史はまた鼻血が出そうになった。すぐさま肘《ひじ》を折り、二の腕だけで上体を支えた。そして、花園に顔を埋めた。

愛子は英史の真後ろから、彼の臀部を眺めた。白く小さな尻の間に、きれいなつるんとした玉袋が下がっている。袋も可愛いが、愛子がこれから触ろうとしているのは後ろのすぼまりだ。

愛らしくも猥褻な音をさせて瑠美の女園をねぶりまわしている英史に唇をゆるめながら、愛子は右の人差し指にコンドームをかぶせた。それを、瑠美に見せて肩を竦めて笑った。瑠美も英史にわからないように、声を出さずに笑った。

「ボウヤ、ナメナメをやめちゃだめよ。上手に瑠美のソコをナメナメしてるようだから、ご褒美にいいことしてあげる」

尻たぼをぐいとひろげると、英史はビクリとして舌の動きをとめた。

「可愛いお尻の穴を触ってあげるわ。リラックスしてナメナメしてなさい」

愛らしくすぼんでいるピンクの菊皺を、コンドームをかぶせた指で触った。

「あう」

たちまち尻肉が緊張し、菊花も堅くすぼんだ。

「リラックスって言ったでしょ。力を抜くのよ」

「あう……やめて」

菊皺を揉みしだきはじめた指の感触が気色悪く、同時に体中がズンズンして、英史は眉間に皺を寄せた。

「マリリンは何をしてるの？　言ってごらんなさい」

頭の両脇をつかんだ瑠美は、英史を上向かせた。額がうっすら汗ばんでいる。

「あああ、やめて」

すすり泣くような声に、瑠美は昂りを覚えた。

「おっしゃい。何をされてるの？」

「ああう……やめて……いやだ……あう」

英史は尻を振った。

「可愛いお尻の穴のまわりをモミモミしてもらってるんでしょう？　言えないの？」

ひくつく菊花と、右に左に揺れる尻たぼに、愛子も興奮していた。肉茎を触ってみると、可愛いなりに硬く反り返っている。鈴口からヌルヌルが溢れていた。

愛子は英史のぬめりを指にとった。それを菊花に塗りつけた。

「んん……やめて……」

「そんなにいいの？　やめてと言いながら、いい声を出してるじゃない。マリリンがね、英史のお尻を犯したいんですって。嬉しいでしょ？　腰にペニスをつけて犯してあげるって。きょうはオユビくらいしか入らないでしょうけど」

「いやだ！」

英史は首を振ると、半身を起こし、ベッドから飛び下りた。だが、素裸でどこに逃げたらいいかわからない。

「戻りなさい！　四つん這いになってオナニーしたことを忘れたの？　恥ずかしいことをさせられるのが好きでしょ。恥ずかしいことをされるのも好きなはずよ。マリリンのオユビで後ろを可愛がってもらいなさい」

「許して……瑠美さん、許して……愛子さん、許して」

壁際に立った英史は薄い胸を激しく喘がせた。後ろを触られたりしたら、自分がどうなってしまうかわからない。菊花の周囲を触られただけで、かつて経験したことのない疼きが総身を走り抜けていた。恐い。自分がなくなってしまいそうだ。

「許して……下さい」

「わかったわ。服を着てとっとと部屋から出て行きなさい。言うことをきかない子に用はないの」

瑠美は冷酷に言い放った。そして、英史を無視するように愛子を見つめ、掌を返したように笑みを浮かべた。

「愛子、ごめんなさいね。気分直しに、上のバーにおいしいお酒でも呑みにいきましょうか」

　ベッドから下りた瑠美は、もはや英史に目をやろうとはしなかった。

「さっき買ったブラウスを着ていこうかしら」

　愛子も瑠美に合わせるように、英史を徹底的に無視していた。

　英史の肉茎は萎《な》えた。瑠美に会えなくなることは、生きていく悦びがなくなることだ。それも、嫌われ、無視され、用なしにされる……。

　英史は焦った。

「たまにはカクテルもいいわね。銀座にステキなカクテルのお店があるの」

「いいわね。行きましょう」

　愛子が瑠美に応えた。

「ごめんなさい……僕を置いていかないで」

　英史は跪いて瑠美に縋った。

「あら、まだいたの？」

　瑠美の素気ない言葉に、英史はいまにも泣きそうな顔をした。

「僕……いやじゃない……ただ……」

「ただ何？」

「恐かったから……」

「マリリンが恐いの？」

英史は首を振った。

「じゃあ、何が恐いの。マリリンの指？」

英史はまた首を振った。

「何が恐いのよ」

「変な気持ちになるから……ズクズクして……だから」

英史は瑠美を見上げて訴えた。

「ズクズクするですって？　気持ちいいわけ？　お尻を触られるといい気持ちになるの？　そうなの？」

英史はうつむき、カーペットを見つめて頷いた。

「気持ちいいなら、気持ちいいって言いなさい。私の前で素直になれないってことは、心を閉ざしてるってことよ。ちがう？　服を脱いで裸になるだけじゃなく、心も裸になりなさい。それが誓えないなら、出て行きなさい。私を見なさい。下を向いてるんじゃないの」

英史はすっくと立っている瑠美を見上げた。

「素直になります……だから、置いていかないで」

「じゃあ、マリリンに何をしてもらうの？　さっきの続きを、ちゃんとマリリンにお願いなさい」

愛子に向けて美しい顎をしゃくった。

もう一度猶予を与えられた英史は、愛子の足下に跪いた。

「さっきの続きを……してください」

「さっきの続きってどんなこと？」

瑠美に似た残酷さで、英史の羞恥を誘うため、愛子はわざと首をかしげて見せた。

「後ろを……犯してください」

恥ずかしさと、屈辱の甘美さに、英史の肉茎がまたたくまに膨張していった。

「お尻の穴を犯されたいのね」

英史はこっくりと頷き、羞恥に顔を火照《ほて》らせた。

「鏡に向かって四つん這いになりなさい。自分のステキな顔を見ながら犯されるのよ。いい声をあげるとき、自分がどんな顔をするか、よく観察なさい」

クロゼットの前の壁に、全身が映る縦長の鏡が塡めこまれている。愛子はそこを指定した。

英史は鏡に向かって犬の格好をした。期待と恐れにおののいている自分の顔がある。背後に愛子、傍らに瑠美が立っている。目でふたりの女王にいたぶられているようで、英史は苦しい息をした。

愛子が背後で腰を落とした。またさっきのように、ねっとりと菊皺を揉みほぐしはじめた。

「ああう……くうっ……」

ズクズクする。後ろを触られているのにペニスがひくつき、カウパー氏腺液が噴きこぼれる。

愛子が粘液を指で掬《すく》って菊花に塗りこめた。

「んんん……ああう……くううっ」

背中が反り返る。顎が出る。苦痛と快感をないまぜにしたような汗ばんだ顔。英史は自分の顔を見ながら、メチャメチャにしてもらいたいと思った。

『服を脱いで裸になるだけじゃなく、心も裸になりなさい』

瑠美の命じた言葉が甦る。

「犯して。僕をもっと犯して。恥ずかしいことをして。僕をメチャクチャにして。ああああっ！」

自分の言葉と愛子の愛撫に、英史は精液を吐き出して痙攣した。

「ふふ、もう三度めね。今夜は四度でも五度でもイクのよ。クタクタになるまで許さないから。うんと犯してあげるわ」

愛子は菊口にようやく指を押しこんだ。

「うっ！」

たったいま射精したばかりというのに、たちまち肉茎が回復した。

「力を抜いて。いつかここに私のペニスを迎えるんでしょう？　オユビよりうんと太いのを入れるんだから。こんなに堅くっちゃ入れられないわよ」

指を咥《くわ》えこんだ菊蕾は硬い。指も容易に動かせない。

「大きく息を吐いてごらんなさい。そう。もっと大きく吐くのよ」

全身汗まみれになっている鏡の中の英史の顔を、愛子も見つめていた。英史を指で犯しながら、蜜が溢れた。

瑠美は鏡に映っている英史の何ともいえないセクシーな顔を見ながら、愛子の卑猥な指も見つめていた。躰の芯が疼いた。愛子とならとびっきりいい店を造れると確信した。

アナルをいじる愛子の横に腰を下ろし、瑠美は英史の肉茎を握った。

「ああう……」

「いやらしい英史。すぐにココが大きくなるのね。私たちのペットになって幸せ？」

「はい……」

「気持ちいいことばかりじゃなくて、痛いこともするわよ。何でも受け入れなくちゃだめよ」

「あぁう……何でもして……」

英史は貶《おとし》められる幸せに恍惚とした。

第五章　悦楽の館

1

「この人にはソフトなカクテルでも作っていただけるかしら」

いつか哲志に連れてこられた銀座のバーの止まり木に、瑠美は小島と座っていた。

「アンバーのビールでシャンディー・ガフかパナシェでもお作りしますか？」

「だめだめ。ビールはそのままが最高って言う人だから」

「確かに、ビールはそのままがいちばんかと」

マスターが笑った。

「この世で最高に贅沢でおいしいオレンジジュースはどう？」

仕事を離れても冗談ひとつ言いそうにない小島に、瑠美は尋ねた。

「はい、お嬢様がお勧めになるものでしたら何なりと」

社長と言わずにお嬢様と口にするところだけは、会社の小島とちがう。

「ふふ、マスター、この通り、うちの副社長って四六時中肩に力が入ってるの。おいしいカクテルでリラックスさせてちょうだい」

「では、ミモザでよろしいんですね」

「ええ、私のは適当にお任せするわ」

マスターは先に瑠美のカクテルを作り、次に小島のためにシャンパンとオレンジジュースでミモザを作って出した。

瑠美のカクテルもミモザと同じ黄色だ。だが、瑠美のカクテルはオレンジジュースのほかに、オレンジキュラソー、ブランディをシェイクしたオリンピックという、ほろ苦さが心地よいカクテルだ。

小島のカクテルと同じ色のカクテルを考えて出したらしいマスターの、迷いを見せない素早い判断力を瑠美は好ましく思った。

「ここを出たら、まっすぐ家にお帰りになられるでしょうね。いつもいつも午前様では、お嬢様の後見人の私としては、お亡くなりになった社長と専務に申し訳がたちません」

ひと息つくために呑みに来たというのに、さっそく小島から溜息混じりの言葉が洩れた。

「社長業を疎《おろそ》かにしたことはないつもりよ」

「みんなお嬢様には脱帽しております。お嬢様が社長になるのを反対していた者たちも、いまでは賞賛こそすれ、不安を口にすることなどございません」

「だから、それでいいじゃない。自分の趣味で造る店は自分のお金を使うことにしたんだし、午前様だってプライベート。文句を言われる筋合いはないわ」

英史をはじめとして、いま調教中の若くて美しいM男たちを使った大人の女の店は、信頼できる愛子とふたりで共同出資して作ることになった。瑠美は会社の金を使わず、個人資産の一部を〈SPIRIT《スピリット》〉の経営に当てることにした。〈SPIRIT〉というのが会員制クラブの名前だ。

個人出資という形をとれば、会社の者に相談することもない。文句を言われることもない。面倒なことがなく、思い切ったこともできる。

愛子とは意見が合うので、仕事の進み方も早い。社長業で忙しい瑠美にかわって、開店に向けての話をどんどん進めていく。愛子の夫が緑川ビルディング社長だけに、店も一等地に決まった。内装工事も進んでいる。愛子の男たちへの調教も堂に入ったものだ。

頼もしい友人がいるので、こうやってほんのひとときでもカクテルタイムを楽しむことができる。

「危ないことはなさいませんように」

ミモザを傾けたあと、小島がまた不安な口調で言った。

「まるで私が犯罪でも犯すみたいじゃない。もしかして売春宿でもやるつもりだと思ってるんじゃないの?」

小島の微妙な戸惑いは、瑠美の言葉を肯定しているようなものだ。

「ばかね。高級クラブをやるのよ。三流店のようにそんなことするわけないでしょ。お客に可愛い坊やたちを抱かせてたまるものですか。坊やたちはみんな私のものよ。私だけが自由にできるの」

思わせぶりに言う瑠美に、小島はとてつもなく大きな溜息をついた。

瑠美は若い男たちと頻繁にベッドをともにしているようだ。この時代に、二十六歳にもなる女に貞操を守れなどとは言えない。アンバーのやり手の社長でもある瑠美なら、男がいないという方がおかしい。だが、それなら、きちんと結婚し、夫婦としてセックスをしてほしい。

朝比奈興業の次男である智則が夢中になっているのがわかっていながら、智則を相手にせず、妻子ある兄の哲志とつき合ったり、年下の大学生たちとつき合ったり、瑠美の行動は小島の手に負えない。どうか平穏な生活を送って下さいと、いつもハラハラし、祈るような気持ちだ。だが、もし瑠美がまじめな女として品行方正に生きていたら、これほど憧れただろうか。

危険極まりない爆弾のような瑠美。いつどこで爆発するかもしれない。近くにいればいるほど傷つく可能性が大きくなる。だが、それでも近くにおらずにはいられない。瑠美は小島の心に深く根を下ろし、世界一の女王として君臨している。

「札幌の二号店だけど、予定より二日ほど早めに発つわ。私が社長になってはじめてのオープンだもの。ちょっとわくわくしてるのよ」

父の元寿が健在だったころから計画されていた店だ。札幌の最初の店が賑《にぎ》わっており、近くに二軒めを出す計画は早くからあった。ようやく希望の場所に店舗が借りられ、二号店オープンまで半月余りになっている。

けれど、瑠美はアンバーのオープンにわくわくするより、ＳＰＩＲＩＴの方に夢中になっていた。アンバーは知名度もあり、さして宣伝しなくても客は入るはずだ。瑠美が早めに顔を出さなくても、昔からの社員がうまくコトを運んでくれるだろう。

瑠美は一軒めのＳＰＩＲＩＴもオープンしていないというのに、すでに次の店を札幌にどうかと考えていた。ＳＰＩＲＩＴのための札幌偵察。それが、これまでの予定より二日早く発ちたい理由だった。

「お嬢様がそうやって店のことを心配して下さると、私はほっとします。航空券は明日、手配し直しておきます」

次のカクテルを頼んで呑み終わろうとするころ、朝比奈哲志が来店した。

「おう、若社長じゃありませんか」

気軽に声をかけた哲志は、瑠美の横にいる男が振り返ったので怪訝な顔をした。だが、それが副社長の小島とわかり、たちまち礼儀正しい青年に早変わりした。

「どうも……はじめまして……じゃないような……副社長とは一度お会いしたことがあるように思いますが、いちおう名刺をお渡ししておきます。朝比奈興業の長男の哲志です」

ジャケットの内ポケットから名刺を出した。

「小島と申します。弟の智則氏のことは先代にお聞きしておりましたが」

あくまで智則を全面に出そうとしている小島がわかるだけに、瑠美は苦笑した。

「私の横にお座りになる？　こないだあなたのことで面白い噂が入ってきたの。ぜひ事実をお聞きしたかったところなの」

「噂？　はて……マスター、いつもの」

瑠美の横のスツールに腰掛けながら、哲志はマスターにカクテルを注文した。

「マスター、私がいるときは、この人にマティーニじゃなく、エクストラ・ドライ・マティーニの方を作ってあげてね」

ウィンクする瑠美に、マスターが肩を竦めた。そして、哲志に、よろしいですか？　というような目を向けた。

「いいねェ、美人社長の横で超辛口をいただくのも」

ＯＫした哲志は、で、噂とは？　と興味深げに瑠美に尋ねた。

「私にはあなたがＳに見えるけど、Ｍだって噂があるの」

「へェ、そりゃあ、驚きだ。俺がマゾねェ。マスター、聞いたかい」

「人は見かけによらぬものとも申しますから、まるっきりあり得ないこととは言えませんでしょうね。朝比奈様の私生活を覗いてみませんことには、事実はわかりません」

「おいおい、そりゃないだろ」

おしぼりで手を拭く哲志は、誰がそんな根も葉もない噂を流したのだと考えた。しかし、心当たりはない。

「ある郊外のラブホテルにひと組の男女がやってきたんだけど、そこは万一のことを考えて、全室外から覗けるようになってるんですって。で、あなたにそっくりの男が、足に枷《かせ》を嵌められていたぶられていたんですって。男は踏みつけられてヒィヒィ悦びの声をあげていたというんだから、あなただったら意外だわね。車はレーシングカーのような真っ赤なポルシェだったんですって。智則さんに聞いたことがあるけど、車は一致するわね」

平気な顔で瑠美はあの日のことを喋っている。それがわかり、哲志はこんなところでと面食らった。

（ヘマはやったが、踏みつけられもしなかったし、いたぶられもしなかったぜ。おまえがいちばんよく知ってるだろう）

この女狐めと、哲志は内心舌打ちした。

「ラブホテルもいろいろあるから、気をつけた方がいいわよ。自分のホテルを使えばいいのに。いつも満室なんてことはないでしょ。従業員の手前、まずいのかしら」

小島がコホンと咳《せき》をした。瑠美が話しているのはふたりのことにちがいない。ただ、どう考えても、哲志がMとは思えない。だが、それに似たことがふたりの間にあったことは想像できる。

小島は洗面所に立った。

「おい、女狐、よくもあんな嘘がつけたもんだな。副社長は俺たちのことだと思ってるぞ」

「ふふ、いいじゃない。本当のことだもの」

「どこが本当だ。俺を虚仮《こけ》にしやがって」

「アンヨに手錠をかけられたのは事実でしょ。鞭がなかったのが残念ね」

「これから鞭のあるところに行くか。そんなにSMプレイがしたいなら、そのテのホテルに案内するぜ」

「そのテのホテルを知ってるの？」

瑠美は好奇の目を向けた。

哲志はそれを見逃さなかった。

「行くか」

「ホテルもいいけど、そのテのショーを見たいの。激しいだけじゃなくて、美しくてねっとりしているのを。連れてって」

ＳＰＩＲＩＴを面白い店にするためには、何でも吸収しておきたい。最近はＳＰＩＲＩＴのためにこれまで以上に好奇心が湧いてしまう瑠美だ。

「見物より実践の方がいいと思うがな」

「私に女王様をさせてくれるならいいわよ。あなたはＭ男で、床に這いつくばって打たれる役よ。いいわね、そういうの」

面白くないといった顔をして、哲志はフンと鼻を鳴らした。

「いま、ショーをやってるところはないの？　訊《き》いてみてよ。詳しいんでしょ？」

瑠美は哲志を電話ボックスに追い立てた。

その間に小島が戻ってきた。

「お嬢様、そろそろ戻りましょう。たまにはゆっくりなさらないとお肌も荒れます」

「お肌が荒れるのはいやよ。そういえば、精液を飲むと若返ると言うけど本当かしら。精液を塗るといいなんてことも聞いたことがあるわ」

「何ということをおっしゃいます……若い女性の口にする言葉ではありません」

「年とったら口にしていいの？」

ああ言えばこう言うで、瑠美は必ず反撃してくる。小島は溜息をついた。

「あと三十分ほどではじまるところがあるようですが、若社長、いかがいたしましょうか」

電話をかけた哲志は、小島を意識してわざと丁寧に尋ねた。

「もちろん行くわよ」

瑠美はスツールから立ち上がった。

「お嬢様、どちらへ……」

「若返ることができるところ。お肌がつやつやになるところ」

小島を困らせるのが楽しくて、瑠美はそんな言い方をした。

「副社長もいっしょに行けばいいじゃないか」

「だめだめ。心臓がとまっちゃったら大変よ。まじめな人なんだから、変なところに誘わないで」

「お嬢様……明日は早《はよ》うございますから、今夜はこのままお帰りください。お願いします」

変なところ、と言った瑠美に、小島は素直にふたりを送ることができなかった。

「なんだ、朝が早いのか。だったら、今夜はお利口さんに帰ることだな。ほら、バッグを忘れないように。例のものはいつでも見れる。早めに俺に予約してくれ」

哲志はブルーのショルダーバッグを手渡し、スツールに腰掛けた。

「マスター、おかわりだ。若社長がお帰りらしいから、今度はただのマティーニにしてくれ」

二杯めのカクテルを注文した哲志は、瑠美に軽く手を上げた。

「何よ、つまんない男。本当はそんなところなんて知らないんでしょ」

「M女専用ホテルぐらい、いくらでも知ってるさ。ただ、今夜は若社長と同じMの客が多くて、Sの男は手いっぱいだとさ」

唇をゆるめた哲志に、瑠美は唇をキリキリと嚙んだ。

「さ、お嬢様、車が待っておりますから」

「車は帰したんじゃなかったの？」

「一時間で帰るつもりでしたから、ちゃんと原を待たせております」

哲志の背中を睨みつけ、瑠美は店を出た。

いまの瑠美にとって、思いのままに動かせないのは哲志だけだ。それだけに悔しさがつのる。郊外のラブホテルで、徹底的に痛めつけておけばよかった。屈辱の姿を写真に撮っておけばよかった。屈辱の言葉を吐かせ、テープに録《と》っておくという手もあった。そんなことを考え、瑠美は地団駄踏みたい気持ちだった。

瑠美と小島に気づいた原が、車を降りて後部ドアをひらいた。

「お疲れ様でした」

頭を下げ、ドアを閉めて運転席に戻った。

車が動き出した。

瑠美は不愉快な顔をしていた。

「足、揉んでちょうだい。このハイヒール、よくないわ」

ポイとブルーのハイヒールを脱ぎ捨て、小島の膝に足を乗せた。ミニスカートがまくれ上がり、黒いガーターベルトのサスペンダーが見えた。

小島はむっちりした太腿に心騒がせながら、まず倒れているハイヒールを立てた。それから、ストッキングに包まれた足に触れた。汗で湿っている。

「帰ってゆっくりとお風呂に浸かると疲れもとれます。あまりご無理をなさいませんように」

瑠美を自分に渡してくれた哲志がわかる。ひとりでカクテルを傾けているだろう粋な男に感謝しながら、小島は瑠美の足を揉みしだいた。

哲志に妻子がなかったら、瑠美の夫にしたい男だ。瑠美を何とか操縦できるのは、哲志ぐらいかもしれない。だが、瑠美がもしも哲志に操縦されてしまうようになれば、いまの魅力は半減してしまうかもしれない。

（やはりお嬢様はいまのままでなければ……）

汗ばんだ足を頬にすりつけたい衝動に駆られながら、小島は形のいい甲や足裏を揉みしだいた。

瑠美は大きな溜息をつき、反対の足を小島の膝に乱暴に乗せて目を閉じた。

2

ＳＰＩＲＩＴで雇う若い男たちの研修のための部屋を、愛子は瑠美に提供した。提供といっても、昼間は瑠美は仕事が忙しいため、愛子がひとりで使うことが多い。

英史をはじめとしてすでに十人ほどの男が、客たちの最高のペットとなれるように、研修を受けている。研修とは調教のことだ。

育ちのいい上品で賢い男しかペットの対象にならない。そして、むろんＭでなければならない。だが、人はおおよそ誰もがＳ性とＭ性を兼ね備えている。朝比奈哲志のような男もいるが、最近はM性が強い男も多くなった。可愛いペットにできるか否かは調教しだいだ。

愛子は瑠美に劣らず、女王として生まれてきたような女だ。瑠美が目をつけて預ける男を、次々とペット化していく。

「あら、予定よりずいぶん早いじゃない」

調教用のマンションに入ってきた瑠美に、愛子は時計を見て意外な顔をした。八時ごろになると言っていたのに、まだ五時だ。

「明日から札幌の店のオープンのために出かけるでしょ。あまり遅くまでいられないのよ」

裸の英史がトイレから出てきた。バツが悪そうだ。

「英史はずいぶんいい子になったわよ。エリート中のエリートよ。後ろでもよく感じるし。試してみる？　いま、後ろを徹底的に空っぽにしたところなの。ピンクのヒダヒダがきれいよ。ちょうどよかったわ。見てみる？」

愛子が笑うと、英史の顔がみるみるうちに赤くなっていった。

「英史、マリリンに何をされてたの？　言ってごらんなさい」

耳たぶまで真っ赤になっている英史は可愛い。白い総身が虐めてくださいと言っているようだ。

「答えられないの？　括りつけて、オチ×チンに熱い熱い蠟燭《ろうそく》を垂らすお仕置きをしましょうか。いらっしゃい」

愛子の言葉に英史の皮膚がそそけだった。だが、同時に、肉茎は腹につくほど反り返った。

「ほら、英史はすっかりMになっちゃったの。お仕置きされると思うと、すぐさま勃起するのよ。お仕置きされたくて仕方ないみたい」

愛子に説明されるまでもなく、英史の昂りは、荒い鼻息と躍動している剛直でわかる。鈴口から透明な液が垂れている。

「さあ、何て言えばいいの？」

「マダム……」

英史はそう言っただけで、激しく胸を喘がせた。

「お仕置きしてください……」

また鈴口からカウパー氏腺液が溢れ出た。

愛子は瑠美を見つめた。どう？　と言うように、調教成果を誇らしげにしている目だ。瑠美は、上出来よ、という顔をして頷いた。

「お仕置きの準備をなさい」

「はい、マダム……」

震える声で返事をした英史は、リビング横の部屋に入っていった。

「愛子は緑川夫人より、SMクラブの女王様の方が似合うのかもしれないわね」

「SMクラブなんてナンセンスよ。どうして女王がM男の前にあんなスタイルで出なくちゃならないのよ。いくらM男がお金を払っているからって、あれじゃ、女王がM男に精いっぱい奉仕しているようなものじゃないの。SとMの関係は愛情がないと成り立たないけど、あれはちょっとちがうわ。本当のSとMの関係というのは、あんなものじゃないのよ」

「SMクラブの偵察をしてから、評論もやるようになったの？　SMクラブもピンからキリまであるように、女王様にもピンからキリまでいるのよ。愛子が納得できる女王様も存在するはずよ」

「いたら、ぜひとも私たちの仲間に入れたいわね」

そう簡単にいやしないわ、という口調だ。

「英史がオチ×チンをひくつかせて待ってるわ。行きましょ」

妖しい笑いを浮かべた愛子が、瑠美を隣室に誘った。

十畳ほどの洋室では、英史が灯《とも》した赤い和蠟燭《わろうそく》が、低いサイドボードの上の燭台《しょくだい》で、オレンジ色の炎をゆらめかせていた。

窓のぶ厚いカーテンは閉じている。カーテンを引くまでもなく、完全に外部との音が遮断されたマンションだ。

天井から鎖が一本下りている。百キロのシャンデリアを下げても安全な天井だ。その真下にビニールシートがひろげてあった。

病院の診察台のようなベッドもある。その上に赤い首輪が転がっていた。愛子は瑠美にそれを渡した。

「英史、ワンちゃんの首輪をしてあげるわ。いらっしゃい」

瑠美の言葉に、英史は息を弾ませながら近づいた。そして、瑠美の前に跪いた。

「マダム……僕はあなたのペットです」

「そうね、会うたびに可愛いペットになっていくみたいで嬉しいわ。でも、これからお仕置きね」

赤い首輪をつけ、そこから伸びている鎖を愛子に渡した。

愛子は英史に手枷をつけ、天井から下りている鎖にバンザイの格好をして繋いだ。うっすらとした腋窩《えきか》の毛が、英史の心を映すようにおののいている。

英史は全速力で走ったあとのような息をしていた。

「どうしてお仕置きされることになったか言ってごらんなさい」

愛子は黒い房鞭の柄で、英史の白い顎を持ち上げた。自由を失った奴隷の目は、弱々しい光を宿しながらも青いほどに澄んでいる。

「マダム瑠美の質問に……すぐに答えなかったから」

「そうね。お尻をぶったあとは、オチ×チンに蠟燭よ」

英史の背後に立った愛子は大きく腕を上げ、房鞭を臀部に振り下ろした。

「あう！」

ピシッとすがすがしい肉音がした。英史の体重のかかった鎖が、金属音をたてた。

「悪い子！」

「ああっ！」

二打めの打擲《ちょうちゃく》に、英史の太腿が張りつめた。

鞭を振り下ろす愛子の姿は堂に入っている。瑠美は頼もしい女だと喝采した。

「マダム瑠美にもお仕置きしてもらわないといけないわね」

愛子に鞭を渡され、瑠美はうきうきした。

SMクラブで自主的に短期の修業をしてきた愛子は、本当にはじめてかと女王様から驚きの声で尋ねられたという。

『ちょっと見学しただけでだいたいのことはわかったわ。私なんか、きょうからでも女王様になって稼げるわよ』

そう瑠美に言った愛子は、生まれたときから女王様としての才能を持っていたのかもしれない。その愛子にいろいろと教わった瑠美もまた、愛子に、たいしたものよ、と誉められた。

瑠美は赤い鞭痕のついている白い尻たぼに、愛子に負けじと房鞭を振り下ろした。

「うっ！」

肉音と同時に、英史の背中が反り返った。爽快な気分に、瑠美は続けて三度、英史の尻肉を打擲した。恐怖と快感に汗ばんだ英史の総身がねっとり光っている。声をあげるときの顔が見られないのが惜しい。

「愛子、そこに鏡をつけるべきよ。鞭でぶたれるペットの表情が見えないんじゃ、もったいないじゃない」

「そうね。さっそくつけさせるわ。壁の両面いっぱいに」

すぐに瑠美のアイデアはとり入れられることになった。ふたりが対立することはない。こういうふうに、どちらかが提案すれば、片方もすぐに納得して合意する。何ごともスムーズに進んでいく。

英史はふたりの主人に鞭で打たれることに幸せを感じていた。愛されていると実感できる。まるでひとりの人間ということを無視したように、鏡のことを話しているふたり。だが、それもまた震えるような快感だ。

瑠美が英史の前に立った。

「さあ、さっきの質問に答えなさい。マリリンに何をされてたの？」

愛子がしていたように、英史の顎を鞭の柄で持ち上げた。

「後ろを……犯してもらうために、きれいにしてもらいました……」

「どういうことか詳しく説明なさい」

「浣腸されて……そのあと……きれいなお湯が出てくるまで……何度も洗われました」

食べてしまいたくなるような可憐な唇が震えている。こんな唇を見ていると、許してと哀願されるまで辱めたくなる。

「そんなにきれいになったんなら見てあげなくちゃね。見てもらいたいんでしょ？」

「はい、マダム……」

反り返ったペニスがひくひくと躍っている。

「蠟燭のお仕置きが終わったら見せてもらうわよ」

人指し指で、ふるふると震えている唇をなぞった。

愛子は火のついた蠟燭を燭台から離して持ち上げた。

「この蠟燭に自分で火をつけたのね。お仕置きされたくてしかたなかったんでしょう？　でもね、きょうはいつもより近くで垂らすわよ。火傷《やけど》して不能になっちゃったらどうする？痛くて失神するかもしれないわね」

脅しながら顔に炎を近づけた。恐怖と期待。英史はいつもふたつがないまぜになった顔をする。

「垂らすわよ。歯を食いしばってなさい」

まずは胸のあたりで蠟燭を斜めにした。蠟涙《ろうるい》は落ちていったが、ペニスをややはずれた。

「あら、残念ね。もう少し近くからでないと難しいわね」

臍《へそ》と胸の間に蠟燭を下げた。

英史の腹部が激しく喘いでいる。鼻息が荒い。

「たっぷり垂らしてあげる」

蠟涙がしたたたった。

「わあっ！」

みごとに肉柱に落ちた蠟涙に、英史は叫び声をあげた。

「ふふ、そんなところじゃ面白くないわね。先っちょの、もっともっと感じるところに落としてあげる。うんと低いところから」

「やめて……ああ……許して」

いつもより熱く感じた蠟涙。それは、いつもより太い蠟燭に火をつけてしまったためにちがいない。それが、もっと低い位置から落とされる。しかも、ペニスの先の方に……。英史は恐怖でいっぱいになった。

「許して……」

尻を振って蠟涙から逃れようとした。

「じっとしてなさい！」

恐怖に苛《さいな》まれている英史に興奮している瑠美は、英史の背後にまわって尻たぼを打ちのめした。

「ヒッ！」

金属音をたてて英史が揺れた。

「この鞭でオチ×チンをぶたれたい？　加減しないわよ」

愛子の横に立ち、瑠美は微笑した。

「どっちを選ぶの、英史」

愛子が尋ねた。

「あう……」

英史はいやだと首を振り立てた。

「マダム、許して下さい……」

屹立していたペニスが萎縮《いしゅく》した。

「そう、わかったわ。どっちもなのね」

愛子の言葉に、横の瑠美がふふっと笑った。

たっぷりたまった蠟涙を、わざと英史の目の前で揺らした愛子は、小さくなったペニスを指でつまんだ。

「こんなにちっちゃくなってダメじゃないの。ふたりのいる前でこんなになったんだから、うんと痛いお仕置きをしなくちゃ。先っちょに熱い熱い蠟をたっぷり垂らしてあげるわ。ほら、よく見てなさい」

愛子が蠟燭を腰の近くまで下げた。

「マダム……許して下さい……お願い……ああ、許して」

尻たぼを振る英史に、瑠美は後ろから腰をつかんだ。

「さあ、愛子、ペットのペニスにたっぷりお仕置きしてあげて」

蠟燭が傾いた。

「わああっ！」

絶叫と同時に、英史は恐怖に小水を洩らしていた。

愛子が笑い声をあげた。

「瑠美、英史が赤ちゃんみたいにお洩らししちゃったわ。蠟燭はペニスをはずれて床に垂れたのに、よっぽど恐かったとみえるわ」

ビニールシートをたっぷり濡らした小水は、かすかなアンモニア臭を漂わせている。英史の足は震えていた。

拘束から解かれた英史は、小水の始末をするように命じられた。

羞恥に肌を染め、這いつくばって粗相の後始末する英史を、瑠美はベッドに腰掛け、足を組んで眺めていた。

愛子は瑠美のためのペニスバンドやアヌス用のクスコを、テキパキと傍らに揃えていった。ベッドに、婦人科の内診台についているような取りつけ式の足台も装着した。

「これ、愛子のアイデア？」

「ええ。内診台がほしいけど、いまのところ、これで間に合うと思って」

点滴をするときのスタンドのようなものだ。二本のそれを足下のベッドの両側に差しこむ。イルリガートルを下げる部分にはロープがつけられ、輪になって下がっている。その輪に足首を入れさせようというわけだ。

「英史、さっとシャワーを浴びてらっしゃい」

鎖の下で這いつくばっていた英史が、うつむきかげんに出ていった。

戻ってきた英史の肉茎は、また元気になっている。瑠美と愛子はそれを見てクックッと笑った。

ベッドに仰向けになった英史の腰に、クッションを二枚差しこんだ。ロープの足台に英史の足を入れると、臑《すね》毛の薄い足がハの字にひらいて持ち上がった。こうなると、女のようにくぼみがない股間でも、猥褻な感じだ。

「マダム瑠美に、お浣腸してきれいになったお尻を見てもらいましょうね」

愛子が潤滑クリームを菊蕾に塗りこめた。

「はあっ……」

さっきの蠟燭の恐怖も忘れ、英史は恥ずかしいことをされる快感に昂った。

瑠美がクスコをとった。

「菊のお花がヒクヒクしてるわよ。ここを触られると気持ちよくてたまらないのね。リラックスして、きれいになった中を見てあげるんだから」

少し菊花を揉みほぐし、すぼまりにクスコを刺した。

「あう……」

冷たい金属に英史の皮膚がそそけだった。だが、肉柱は反比例してクイッと膨らんだ。

瑠美がクスコをひらいた。

「うう……」

英史はベッドの縁を握った。

愛子が天井のライトを操作し、ちょうど菊口に当たるようにした。くつろげられた菊壺が初々しいピンクに輝いている。はじめて覗く腸壁の美しさに、瑠美は息を呑んで見入った。

「きれいでしょ」

「ええ、こんなにきれいなものを見たら、当然犯したくなるわね」

クスコを抜いた瑠美は服を脱いだ。

「後ろを犯してあげるから、私のお花を上手にナメナメなさい」

英史の頭を跨いだ。

足を空に浮かせたままの英史は、漆黒の翳りに囲まれた花園の匂いを嗅ぎ、舌を動かしはじめた。

3

アンバー銀座店のドアボーイをしている岡村広樹も瑠美に目をつけられ、ＳＰＩＲＩＴのための教育がおこなわれている。

飼い主に忠実なペットとしての意識を植えつけるために、必ず瑠美と愛子はペットの菊花を拡張し、犯す。

小学校高学年から中学までの五年間ほどを、父親の仕事の関係でアメリカで暮らした広樹は、英語の発音は完璧だ。文学部英文学科の大学一年生。英史と同じ十九歳だ。

ドアマンの広樹は茜色のコスチュームがよく似合い、女たちにもてる。瑠美は、客がこっそり広樹のポケットにチップを入れるのを見たことがある。

広樹が瑠美に憧憬の念を抱いているのはわかっていた。そうなると、やり方しだいであとはどうにでも調教できる。

英史のように童貞ではなかったが、アメリカで近所の年上の女に組みしかれ、半ばレイプのようにして中学二年の夏休みに童貞を失い、帰国するまで弄ばれていたというから、リードするタイプではないのがわかる。

後ろは処女だった。ほかの男より蕾が硬い。まだペニスバンドで犯すことができない。

瑠美は広樹を四つん這いにし、クリームを塗りこめながら菊花を指で揉みしだいた。

「あううっ……あは……」

肌がこんがり焼けているだけ、腰の水着の痕が白く目立つ。その際だった臀部の白さが、そこを辱めてくれと言っているようで、瑠美はねっちりと菊蕾を揉み続けた。

「きょうはココを犯してあげるわ。もうそろそろ受け入れなくちゃダメでしょ。きょうだめだったらペットにするのをやめようかしら。私のペットの条件は、後ろを犯されることなのよ」

「あう……僕を捨てないで……」

肩ごしに振り向いた広樹が、赤っぽい少女のような唇をひらき、眉間に皺を寄せた。

「少しでも早く受け入れられるように、自分の指をココに入れてマッサージしたりしてるの？」

「ああう……はい」

「本当なの？　じゃあ、どんなふうに努力してるか、ここでしてみせなさい」

瑠美は菊花から指を離した。

「仰向けになって……それから、コンドーム……指にコンドームをして」

憧れの瑠美にそんなことを説明しなければならないことで、広樹は情けなさと、それ以上の昂りを覚えていた。

「ワンちゃんの格好でするんじゃないの？　じゃあ、ベッドに行きなさい。コンドームもあげるから」

広樹はベッドに仰向けになると、中指にコンドームをかぶせた。それから、腰にピローを差しこみ、足をひろげた。ペニスは大きくなっている。

広樹の玉袋は、瑠美の知っている誰のものより大きい。大きいので、それとの対比で肉茎が小さく見える。大きくてきれいな広樹の玉袋は瑠美の気に入りだ。掌に入れて揉みほぐすと気持ちがいい。ちぎり取ってお手玉にして遊びたいような袋だ。

広樹の指がすぼまりにつけられ、そっと沈んでいった。

「はあっ……くっ……」

ベッドについていた踵《かかと》がわずかに持ち上がり、膝がさらにひらいて太腿が緊張した。

第二関接近くまで隠れた指が軽く引き出され、上下する。菊皺が軽い凹凸をつくった。指に合わせるように、肉茎がピクッピクッと跳ねた。

「んん……」

「気持ちよさそうだけど、それじゃちっとも拡張できないじゃない。指一本ぐらいじゃ、ペニスは入らないのよ。何本まで入れたの？」

「一本だけ……」

「それじゃダメ。いまだってもう少し太いものが入るのよ。オユビ、出しなさい」

クリームを菊口の中まで塗りこめ、三センチほどのピンクの拡張棒を、ねじるようにしながらゆっくりと押しこんでいった。

「あう……んんん……」

広樹の総身に汗が噴き出してきた。屹立した肉茎の先から樹液が滲み出している。

「裂かれたくなかったら息を吐かなきゃ」

噛んでいた赤い下唇を離し、泣きそうな顔をした広樹は、まるで妊婦が出産するときのような感じでフーッと大きな息を吐いた。

沈んだ拡張棒をゆっくりと引き出す。また沈める。

四つん這いもいいが、いまのように仰向けにして足をMの字にし、その間に入って菊花を犯すのもいい。広樹の顔が正面からはっきり見える。

普通の男女の関係なら、男が女の花壺を刺しながら、こうやって女の表情を観察するのだろう。どんな顔で悶《もだ》えているのか、どうやったとき感じてくれるのか、男は組み敷いた女を見ながらいっそう昂るのだろう。

可愛い口をあけ、ハァハァと不自然な息をしている広樹。瑠美は犯している立場の自分に興奮し、蜜液を溢れさせた。

「最初のころよりうんとやわらかくなったじゃない。きょうは私のペニスでできるわね」

「あう……まだ……くううっ」

シーツを握りしめて耐えている広樹の姿にぞくぞくする。そんな処女のような姿をすればするほど、残酷なことがしたくなる。

「ココがよくなっても、マリリン以外には与えちゃダメよ。それに、男に与えられるように拡張してるんでもないんだから。ココは私とマリリンのものなのよ。おまえの主人だけが犯すところなの。わかるわね」

「ああ……はい」

「いい子。お尻の穴が精いっぱいひろがって、これを出し入れするたびに山になったりくぼんだりするわ。後ろを触られるとオチ×チンも大きくなるけど、そんなにココを虐められるのが好きなの？」

「あああああ……」

「ああじゃわからないでしょ。好きかって聞いてるのよ」

「痛いけど……好き……です……くうっ……」

「痛いわけないでしょ。オチ×チンの先っちょからトロトロジュースまでこぼしてるくせに。それにしても、ほんとに可愛いタマタマだこと。大きくても凄く可愛いわ」

拡張棒の動きをとめ、皺袋を握って揉みしだいた。袋の中の玉の大きさがちがう。掌をくすぐるほどよい玉の感触。袋を切り裂いてふたつの玉を取り出し、飾っておきたい気がしてくる。

「このタマタマをちょうだいって言ったらどうする？　くれる？」

「僕をずっとそばに置いてくれるなら……そしたら……」

「そしたらくれるの？」

広樹が頷いた。

「タマをとっちゃったら立たなくなるわよ。そしたらオチ×チンもとって女の子になっちゃう？」

「自由にして……」

女たちに一目置かれているアンバー銀座店のドアマンが、後ろを拡張されて喘いでいるなど、誰が想像するだろう。瑠美に忠誠を誓い、女になることさえ厭《いと》わないと言っている。

「希望通り自由にしてあげるわ。でも、タマタマは大事に袋に入れておくことにしましょうか。オチ×チンが立たなくちゃ面白くないもの。オチ×チンはオクチより正直だものね。きょうは広樹のためにステキなプレゼントを用意してるのよ」

瑠美は拡張棒を抜いた。菊花がわずかにひらいている。

誰より大きくて素晴らしい皺袋を持っている広樹のために用意してきたのは、玉袋用のベルトだ。

愛子と大人の玩具屋を探索してまわったとき、そんな可愛いベルトがあると知って笑ってしまったが、すぐに広樹の顔が浮かんで買った。幅一センチあるかないかの黒いエナメルのベルトだ。一本のまっすぐなベルトではなく、途中から別の枝が出ていたりする。

「ステキなタマタマが逃げないようにベルトをするのよ」

まず肉棒の根元を一周し、とめる。次に、肉柱の真下の部分から出ているYの字に分かれた枝のベルトを、玉袋の中央を割って後ろにやり、Vの部分を最初に固定した肉棒の根元のベルトに添わせるようにしてとめる。

広樹の大きな玉袋が、黒いエナメルのベルトによってふたつの卵になった。まるで可愛い鳥の卵だ。

「可愛いわ。どう？　気に入った？」

そんなところに妖しいベルトをされてみると、瑠美だけの持ちものになっていくような気がして、広樹はやけに幸せだった。

「僕……すごく嬉しい……全部瑠美さんのものだ」

「ふふ、当たり前でしょ。オチ×チンもタマタマも、全部私のものよ。勝手にほかで使っちゃだめよ」

卵を掌に乗せて揺すった。

「ステキなプレゼントをしてあげたんだから、きょうは後ろを犯すわよ。もうずいぶんやわらかくなったんだから大丈夫ね」

広樹の腹部が波打った。赤い唇が何かもの言いたそうにひらいて震えた。

「仰向けもいいけど、ワンちゃんになりなさい。首輪をつけてあげるから。好きな色のを持ってらっしゃい。鎖もよ」

広樹はベッドを下り、サイドボードに並んでいる赤、白、黒、グリーン、茶色の首輪から、黒を選んで持ってきた。

「いつも赤なのに」

「これといっしょの色だから」

玉袋をいましめているベルトを指し、広樹は気恥ずかしそうにうつむいた。

瑠美の前に跪いた広樹のか細い首に首輪を塡め、鎖をつける。鎖は壁に埋めこまれているリングに繫いだ。

瑠美が命じなくても、広樹は震えながら四つん這いになった。

「お利口さんね。後ろを犯される決心がついたのね。でも、まだよ。広樹のアナルを犯す私のペニスをナメナメしてからじゃなきゃ。上手にフェラチオできる？　クンニは上手だけど、どうかしら」

裸の瑠美は黒いペニスバンドを腰につけた。Ｔバックのような細いインナーの股間から、反り返った剛直が突き出ている。

「もっと太いのがいくらでもあるのよ。でも、きょうははじめてだから、さっきの拡張棒よりほんの少しだけ太いので許してあげるわ。さあ、広樹のアナルを犯すペニスをナメナメなさい」

怯《おび》えと快感の混ざり合った視線で黒いペニスを見つめた広樹は、跪いて、ぷっくりした唇にそれを咥えた。

湿った荒い鼻息が、ペニスバンドからはみ出している瑠美の恥毛を揺らした。瑠美は広樹の頭に手を置き、やわらかい髪を撫でた。

広樹の頭がゆっくりと動きはじめた。自分の持っているものと同じ男の器官を、生まれてはじめて口に入れ、愛撫した。だが、広樹にとってそれは疑似ペニスではなく、ペニスそのものでもなく、絶対的な権力を持ち、自分を屈服させ、同時に愛で包み、導いてくれる瑠美そのものの象徴だ。

畏れと愛しさに、広樹は頭を動かすだけでなく、側面を舌で舐め、吸い上げた。そうしながら瑠美の臀部に手をまわし、女神の肌のぬくもりを確かめた。

このまま殺されてもいい……。広樹はそんな思いさえした。自分は瑠美の存在があってこそ、奴隷として価値ある者になれる。瑠美がいなければ、たとえ友人や両親や教授や女たちに誉めそやされたとしても虚しく、生きていく価値がない。この世で何の価値もない男になってしまう。

「上手ね。いい気持ちよ。広樹がこんなにお利口さんじゃ、ご褒美もいっぱいあげなくちゃね。どんなご褒美がほしいの？」

ペニスバンドから頭を引き離した。

広樹は火照っている。目が潤んでいるように見える。

「僕の顔に乗ってほしいんだ……アソコの匂いをいっぱい嗅ぎたい」

「ふふ、贅沢なペットね。いいわ。でも、後ろのバージンをいただいてからよ。ワンちゃんになりなさい」

喉を鳴らした広樹は瑠美の太腿に頬をこすりつけたあと、四つん這いになった。

瑠美はたっぷりと掬いとった潤滑クリームを、菊襞にのばし、菊口の中まで丁寧に塗りこめていった。皺袋の黒いベルトが愛らしい。卵がパンパンに張りつめている。

「はああっ……」

むずがるように広樹の尻がくねった。

「広樹の菊の花はとっても可愛いわよ。広樹はこれから私に犯されるの。首輪を塡めて鎖に繋がれたワンちゃんだもの。犯されても仕方ないのよ。そうでしょ？」

歌うように言う瑠美に、広樹は肉柱をヒクヒクさせた。

「犯される前ってどんな気持ち？　おっしゃい、ワンちゃん」

「あぁう……幸せです……僕をメチャメチャにして……僕を瑠美さんだけのものにして」

「いつもいい子にしてなさい。どんなことがあっても、どんなときでも、自分が誰より愛されていると信じなさい。私が広樹の前でほかの男を可愛がったりしても、自分がいちばん愛されているんだって信じるのよ。信じられるわね？」

ほかの男たちにも言い聞かせている同じ言葉を、瑠美はここでも繰り返した。

自分の前で瑠美がほかの男を愛する……。そんなことを想像するだけで耐えられない。広樹は涙が出そうになった。

「どうして返事しないの？　何か言いたいことでもあるの？」

「僕は……瑠美さんに……誰より愛されてる……」

広樹は自分に言い聞かせた。辛《つら》いことだが、瑠美の言葉は絶対だ。

「そうよ。広樹は私にいちばん愛されてるの。さあ、たっぷりクリームも塗ったわ。犯してあげるから力を抜きなさい」

おののくようにひくついている菊花が、瑠美の嗜虐心をそそった。

亀頭を菊口につけ、腰を沈めていった。

「んんんっ……」

躰を支える広樹の腕がブルブルと震えた。首輪から伸びている鎖も揺れた。

「ああう……」

背が軽く反り返った。

「ほら、受け入れられたじゃないの。犯されて幸せでしょ」

スローな抽送がはじまった。

またひとり、心も躰も完全に征服したことで、瑠美の悦びは大きかった。蜜が溢れ、ペニスバンドの下の秘園がヌルヌルになっていった。

第六章　隷属の刻印

I

資産も実行力もある緑川愛子とのコンビで、会員制サロンＳＰＩＲＩＴは師走《しわす》のオープンにこぎつけた。

オープニングパーティには、前もって会員の資格を与えられた者しか参加できない。それでも、愛子と瑠美の知り合いの資産家で信用のおける三、四十代を中心にした夫人たちを思いのほか集めることができた。

ＳＰＩＲＩＴには重厚な二重ドアがある。最初のドアは、会員番号とサロンから与えられた本名ではない「会員名」を言ってひらかれる。中に入ると、もう一度会員名簿で写真と照合され、ようやくサロンへのドアがひらかれる。

オープンとはいえ、秘密性が強いサロンだけに、外部には華やかな花も飾られていない。だが、サロンに入ると、外とは別世界だ。

鮮やかで上品な花々に彩られたサロンの天井は高い。七色に輝くシャンデリアが煌《きらめ》いている。家具や小物はすべて高価なアンティークだ。

椅子やテーブルはあちらこちらに配置されているが、壁がなくてもその置き方で独立した空間をつくっている。テーブルとテーブルの間が仕切られたり整然と並べられたりしていないので、ボックスとちがって贅沢なほどゆったりした気分になる。店ではなく、貴族の豪華な館の雰囲気だ。

ゆるいカーブを描いた波形のカウンターバーの内側には、高級酒がぎっしりと並んでいる。

カウンターバーのバーテンをはじめとして、ボックスに酒やつまみを運ぶボーイもホストも美男揃いだ。だが、六十歳を過ぎた菅原《すがわら》という男を、この貴族の館の執事として雇った。

三十年以上、銀座のクラブに勤めていたベテランだ。

菅原はバーテンもやれば、厨房でフランス料理も作るという男だ。長く勤めていたクラブのママが高齢で店じまいすることになった。それを知った瑠美が、ＳＰＩＲＩＴにはうってつけの男だと思った。バーテンとコックをやれることもありがたいが、客商売を知り尽くした落ちついた男というところが気に入った。

「素晴らしいわ！　がっかりするようなお店だったら、高い入会金を返してもらおうと思っていたの。でも、これなら安すぎるくらい。たったいま倍にすると言われても会員を続けるわ。家具も室内装飾も……いえ、何より、ホストが粒ぞろいでココがドキドキよ。ああ、目移りするわ」

製薬会社取締役専務夫人の遠山《とおやま》は、豊満な胸に手を当てて興奮していた。

英史や広樹をはじめとして、瑠美と愛子にじきじきの調教を受け、忠誠を誓っている平均年齢二十歳の男たち二十人ほどは、全員、大正八、九年ごろの帝国海軍の軍服に似た純白の制服に身を包んでいた。

ホストの多くは、女装をさせるといかにも似合いそうな、細身で顔立ちのやさしい男が多い。愛子は最初、女形《おやま》が似合う子には女装をさせて接客させようと提案した。瑠美も心が動いた。だが、そんな店はすでに珍しくない。

新鮮さを出すためには、かえって古いコスチュームを着せた方がいいかもしれないと考え、凜々《りり》しい軍服に決定した。アンバーの茜色のきっちりした制服が人気の的であることもヒントになった。

軍服をＳＰＩＲＩＴ向けにデザインし直し、肩章も独自のものにした。軍帽のデザインも少し変えた。

白い制服に白い帽子をかぶった美形の男たちの知的な雰囲気は、ひと目で女たちを魅了した。

「ようこそ、マダム」

客に粗相のないようにと言われているホストたちは、自分こそ瑠美にいちばん愛されているのだからと、最高のホストを演じるつもりになっていた。瑠美と愛子の前ではペットとして守護される立場の彼らが、使命を感じてきびきびと客の女たちに接していた。

「さあ、マダム、ソファにどうぞ」

白い手袋を脱いだ右手を差し出した英史に、四十五歳の遠山夫人は心ときめいた。まるで夢の世界に飛びこんだような心地がする。ホストクラブには相当通ったが、そこの男たちとはまるで雰囲気がちがう。

まず、ここの男たちは水商売をしているという感じがしない。優秀な良家の子息たちが海軍を志願した。その男たちがサロンに集まっている……。そんな感じなのだ。

遠山夫人は渋みのある花柄地を張ったソファに腰を沈めた。

「マダム、お飲み物は？」

「ワインで乾杯したいわ」

何種類かの飲み物を入れたグラスをのせたトレイを手に、ゆっくりとサロンをまわっているボーイから、英史はワインを受けとった。

「あなた、名前は？」

「はるかです。よろしく」

はるかというのは、英史が瑠美から与えられた源氏名だ。英史はできたての名刺を渡した。

「マダムは？」

「玲子《れいこ》よ」

ＳＰＩＲＩＴ内では、客も名字を使わないことが約束ごとになっている。

「マダム玲子……ですね」

「忘れちゃいやよ」

「忘れないように、また明日も来ていただけますか？」

「まあ、可愛い子。来るわ。毎日来るかもしれないわよ」

「嬉しいです、マダム」

個室も用意されている。だが、そちらは予約が必要になる。

ピアノ演奏がはじまった。弾き手は、母親が音大を出たピアノ教師のため、小さいときからピアノを弾いていたという優《まさる》だ。ホストのひとりなので、白い軍服を着てメロディを奏でている。

優の両脇には、大粒のダイヤの指輪をした三十代半ばの夫人や、五十路近い臈纈《ろうけつ》染めの着物を着た夫人など数人が、グラスを手に立っていた。優を気に入った客たちらしく、鍵盤の上を優雅に動いていくしなやかな指を見つめ、満足げな顔をしている。

ソファではなく、カウンターに座り、肩がくっつくほどの距離でカクテルを傾けているふたりもいる。

どの客も、たちまちこのエレガントな異空間に溶けこみ、夢を見はじめているのがわかった。

「成功ね。この分じゃ、たちまちホストが足りなくなるわ。お客はできるだけ厳選して数を抑えなくちゃ。なかなかいい子たちは見つからないんだから。見つかっても、ここで働かせるには、まず私たちに忠実な男として飼育しなくちゃいけないんだもの。お客を増やせないってことで、もっと高い代金をいただくことにしましょう。その方がかえってお客の自尊心をくすぐることにもなるのよ」

瑠美は自分と躰を重ねた男たちの白い制服姿に惚れ惚れした。これなら、ほかの女たちが夢中になるのは当たり前だ。

「それはまたあとで考えましょう。ともかく、今夜は最高の夜になりそうね。乾杯」

愛子は瑠美のワイングラスと自分のグラスを重ねた。それから、二手に分かれた。ころ合いを見計らって、ホストとともに客を個室にも案内しなければならない。

入り口と反対側の扉をあけると、絨毯《じゅうたん》を敷き詰めたゆるやかな螺旋《らせん》階段がある。下の階をぶち抜いて繋いだ。

下の階に個室がある。

瑠美は英史と遠山夫人に近づいた。

「楽しんでらっしゃるようですが、きょうはみなさまにステキな個室のご案内もしておきませんと。これからいかがです？」

英史とふたりの会話を続けたい遠山がわかる。だが、ステキな個室と聞いては、じっとしていられないようだ。

夫人はすぐに立ち上がった。

地下への螺旋階段は、すでに秘密の匂いがする。

「ここはヘアサロンです。ベッドに横になっていただくと、うちの坊やが、下のヘアをきれいにトリミングしてくれますわ。みんな器用なんです。ハート形になさってはいかが？」

瑠美が遠山夫人に提案すると、夫人は口元を押さえて笑った。

「トリミングしてもらうのもいいけど、私は坊やのヘアをトリミングしたいわ。子供みたいにつるつるに」

英史が可愛く恥じらった。

「お気持ちはわかりますが、うちのホストはマダムおひとりだけを相手するわけには参りませんから、それはご勘弁願います。でも、楽しいことはいろいろできますわ」

「たとえば？」

遠山夫人は夫婦の夜の生活などとうに飽きている。腹の出てきた夫の躰など見たくもない。若い潑剌《はつらつ》とした男の躰ならいくらでも見たい。触りたい。だから、これまでホストクラブに通い、相当の金もばらまいてきた。夫人は英史の白い制服の下を想像して秘芯が疼いていた。

「隣の部屋の天蓋《てんがい》つきのベッドで、マダムの膝で添い寝する坊やなど可愛いものと思いますが。むろん、裸にして、赤ちゃんと思って頭や背中を撫でてやってください。マダムたちのネグリジェは、多数揃えてあります。きょうはオープニングパーティですから、明日からになりますけど」

「ぜひ隣室を見せてほしいわ」

「ええ、今夜はみなさまに全部お見せいたします」

英史を裸にできると思うと、早く明日にならないかと遠山夫人は待ち遠しく思った。

ドアに〈伯爵の間〉と書かれたその部屋は、ダブルの天蓋つきベッドがあり、白いレースがたっぷり使われている。ピローケースにも真っ白いレースの縁どりがあしらわれている。いかにも清潔で上品な、伯爵家にふさわしいベッドだ。

伯爵家の寝室といった感じにするために、壁に掛けられた肖像画も高貴な婦人像だ。ローボードなどもアンティークで、レースのランプシェードをかぶせたランプが寝室をより上品に、そして、妖しく照らしていた。

「そちらが浴室です。ここにネグリジェを用意してあります」

クロゼットには白から黒まで、七色のシルクのネグリジェが吊されている。

「坊やたちはママのオッパイも大好きなんです。こんな立派な軍服を着ていても、やっぱりママから離れられないんですね」

「男の子は可愛いわ。ああ、連れて帰りたいほど。戦争でないのを感謝しなきゃね。こんな可愛い子が敵と戦うことを想像したらやるせないわ。私ったら昔から想像力がたくましいの。今夜は戦時中の母と子という想像をして、この子を思い浮かべてきっと眠れないわ」

戦争を知らない遠山夫人の言葉に、瑠美はクスッと笑った。

「今夜は夢の中で、しっかり抱いておやりになって。次はお仕置き部屋をご案内します」

「まあ、お仕置き部屋ですって？」

夫人はたちまち表情を変え、目を輝かせた。

ドアの〈懲罰室〉という文字を見て夫人は喘いだ。瑠美がドアをひらくと、いっそう息が荒くなった。

壁にずらりと、色とりどりの首輪や枷、鎖、房鞭などが掛けられている。大型犬用の檻《おり》を白く塗り直したものもある。

ＳＭクラブ通いなどしたことがない夫人には、首輪と鞭だけで心臓が飛び出るほどの衝撃だ。

「うちの子が悪いことをしたらここでお仕置きして下さい。首輪をつけて檻に入れるのもいいし、ワンちゃんの格好にして、鎖はそこの杭に繋いで、鞭でお尻を叩くのもいいですわ」

夫人はコクコクと喉を鳴らした。

ＳＭというのもはばかられるほどの可愛い道具しか置いていない。房鞭は房鞭でも、もっともソフトな類《たぐい》で、強力に叩いても音だけ派手で、平手のスパンキングに比べると愛撫するようなものだ。

「このお部屋もお気に召しまして？」

「ええ……ええ……何だか眩暈《めまい》がしそうなほど……」

遠山夫人に限らず、会員のほとんどがここに来て妖しく心疼かせるだろう。いくら金を使って遊ぶといっても、夫人たちはアブノーマルな経験はほとんどないはずだ。ノーマルな人種なら、こんな他愛ないお遊びで十分興奮してくれるのはわかっている。

ＳＰＩＲＩＴのホスト全員が瑠美と愛子にアナルを調教され、彼女たちのペットになっているとは、客の誰も想像しないだろう。客にアナルを弄ばせる気はない。セックスも御法度《ごはっと》だ。高級な店だけに、売春宿になってしまってはおしまいだ。

セックスはさせないが、ホストから客への手や指での奉仕は許している。客のホストへの手と口でのサービスも許す。ただし、一度や二度で簡単に許さないようにということは言い含めてある。ホストクラブ以上の金を使って、ホストをくどいてもらわなくてはならない。

「規約にありますように、お客様とホストの直接のセックスはできません。そんな三流の店にはしたくありませんから。でも、お客様へのご奉仕は精いっぱいやらせますわ。個室が多いですから、万が一のまちがいがあってはと、店にいる間は全員に貞操帯をつけさせることになっています」

遠山夫人の頬が赤く染まった。

「本当はまだお見せするわけにはいかないんですけど、マダムは最高のお客様ですから、ほかの方には内緒で、貞操帯をお見せしておきますわ。軍服の下だけ脱がせていただけます？」

「えっ、私が？」

「どうぞ」

遠山夫人に笑いかけたあと、英史には、ちゃんとやるのよ、という目を向けた。

「マダム玲子、お願いします」

英史は夫人の前に立った。

遠山夫人は面食らっていた。だが、英史の下半身を剝きたいと思っているのは、尋ねるまでもなかった。

オーナーの瑠美が承諾しているのだからと、夫人は白い上衣に隠れているベルトに手をかけた。夫人の額がみるみるうちに汗ばんでいった。

「本当によろしいのね……」

ベルトがゆるんだとき、夫人は傍らの瑠美を見つめた。

「貞操帯の有無を確かめていただくだけですもの。どうぞ。それ以上のことはできませんわ」

夫人が英史のズボンを落とした。

「あ……」

股間を覆っているのは白い革製品だ。ペニスを丸みのあるマスクで覆っているような感じだ。あとの部分は紐のように細い。腰の紐の部分に小さな南京錠がかかっている。Tバックのような感じだ。

「黒い貞操帯はよくあるんです。でも、白い軍服ですから、黒じゃ困ります。特別に作らせたんです。貞操帯も可愛いものでしょう?」

「オーナーがこれをお嵌めになるの……?」

「いえ、そういうことは裏方の男性に任せております」

本当は愛子とふたりで嗔めたが、夫人を嫉妬《しっと》させまいと、瑠美はそう言った。

「でも、これじゃ、おトイレが……」

「ですから、裏方がおります。従業員用のトイレはお客様とは別の、控え室の方にありますから」

「マダム、恥ずかしい格好をお見せして申し訳ありません。もうよろしいですか？」

夫人にではなく、瑠美に見られることで勃起してしまいそうで、英史は早くズボンを穿きたかった。

「ええ……すぐに穿かせてあげるわ」

もう少し観察していたかったが、瑠美がいるので、遠山夫人は慌ててズボンを引き上げた。

「ペニスを触られるときは、おっしゃっていただければ私かもうひとりの責任者が立ち会い、鍵をはずします。鍵をはずしている間は立会人がおりますが、お客様は私たちを無視して、じっくりホストのオマタのものを可愛がられるとよろしいですわ。セックスは御法度ですが、可能な限りの交流は考えておりますから」

夫人の秘園は濡れていた。

「では、ほかのお客様もいらっしゃいますし、あとは、はるかに案内させますわ。はるか、粗相のないようにね」

瑠美は〈懲罰室〉を出た。

「マダム、玲子……僕、凄く恥ずかしかった……でも、イヤと言うとお仕置きされるから……マダムの前でお尻をぶたれるのはもっと恥ずかしいと思ったから……」

「なんて可愛い子。このまま連れて帰りたいわ。食べちゃいたいほどよ。チップをあげるわ」

「マダム、まだきょうはオープニングパーティで、マダムのために何も楽しませることができません。この次にいただきます」

「十分楽しいわ。もらってちょうだい」

「でも……」

「ここはお仕置き室だから、そんなに渋るなら鞭でぶとうかしら」

「マダムのお気のすむように」

貞操帯を見たことで、まだ夫人は興奮していた。英史が可愛くて仕方がない。このままでは一夜でおかしくなりそうな不安さえある。

「鞭でお仕置きするわ」

「ドアの鍵をかけて下さい」

「自分でかけてらっしゃい」

可愛いだけに憎い。こんなところに可愛い男がいるというだけで憎くなる。自分だけのものにできないというだけで嫉妬に狂う。瑠美がいなくなり、英史と個室にふたりきりになったことで、遠山夫人は神経が昂って我慢できなくなった。

英史は鍵をかけ、夫人の前に戻った。

「お尻をぶってあげるわ……自分でズボンを脱ぎなさい」

夫人の言葉は震えを帯びていた。

英史は夫人によって元通りになっているズボンを、また自分で下ろした。

夫人は生まれてはじめて手にする房鞭を手にすると、スーツごしの豊満な乳房を揺らして喘いだ。

「僕はマダムの気分を損ねました。お仕置きして下さい」

英史は白い檻に手をつき、尻を差し出した。

後ろから見る貞操帯は、Tの字の紐のような部分しか見えない。猥褻な拘束帯に、また夫人は熱い鼻息をこぼした。

「ありがとうとすぐに言えないなんて悪い子。きっとあなたは悪い子よ」

振り上げた腕を震わせながら、夫人は英史の尻肉に鞭を下ろした。ピシャッと派手な音がした。

「あうっ！　ごめんなさい」

痛みなどないが、瑠美と愛子に、うんと痛がるようにと口が酸っぱくなるほど言われている。英史は悲鳴をあげた。

「痛かったの……？」

夫人は鞭を捨て、慌てて英史に駆け寄った。

「ごめんなさい。可愛い子を鞭でぶつなんて。痛かった？　もうお仕置きはしないわ」

夫人は英史の尻を撫でながら、ムラムラしてきた。尻たぼを舌で舐めた。

「あう……」

英史の尻がひくりとした。

「ああ、気が変になりそう……」

夫人は熱い溜息をついた。

英史は反転して夫人を見つめた。

「マダム……僕、蝶々になりましょうか」

夫人は首をかしげた。

「マダムの花園の蜜を、蝶々になって吸ってあげましょうか」

夫人は喉を鳴らした。

「僕、蝶々になってもいいんです。さっきオーナーが、マダムは最高のお客様とおっしゃっていました。オープンのきょうはそういうことはいっさいしないことになっていますが、マダムがお望みになるのなら、次のお部屋で。とてもステキな部屋です」

夫人はそうしてちょうだいと言うように、英史の頭を抱きしめた。

2

SPIRITの個室は、どこも外から覗けるようになっている。むろん客には秘密だ。個室の並んでいる脇に細い廊下があり、そこから中が見える。個室の鏡がマジックミラーになっていた。

ホストたちはそのことを知っていた。瑠美と愛子に忠誠を誓っているので、むしろその方がありがたい。個室で客と規約に反することをしていると疑われるのが恐い。それより、いつ瑠美たちに覗かれても胸を張っていられる方がいい。瑠美たちのためになる最高のホストと思われたかった。

「どう？　女たちの花園でしょ。夫人たちはここは夢の世界だからと、いくらでもお金を落としてくれるわ。連れ合いが疑問を持って偵察にくるようなら、それはそれで特別に見せてあげてもいいの。広間のサロンをね。それで騙されてくれると思うわ。下にこんな個室があるとは思わないでしょうよ」

男ということでSPIRITのオープンにも招待されなかった小島は、毎日、店のことを心配していた。だから瑠美は、一週間後に小島を店に入れてやった。

まず、二重のドアをくぐった小島は、高い天井と豪華なシャンデリアに驚き、アンティーク家具が惜しげもなく使われているのに目を見はった。

銀座のクラブでならしたというバーテン兼コック兼執事役の菅原を紹介され、こんな男がいるなら心強いと安心した。そのフロアだけと思っていたら、秘密の部屋があると、地下へ案内された。

地下にはさまざまな意匠を凝らした妖しい個室があった。

裸の躰にバスタオルをかけ、下半身を剝き出しにした夫人が、人形のようなホストに騙りをトリミングしてもらっているのを覗いたとき、小島は愕然《がくぜん》とした。

クッと肩で笑った瑠美は、次の部屋の脇に小島を引っ張っていった。

白い天蓋つきベッドで乳房をあらわにし、ホストに赤ん坊のように乳首を含ませている夫人がいる。乳首を吸われながら、夫人はうっとりした顔でホストの頭を撫でていた。

〈懲罰室〉では、赤い首輪をつけたホストを膝に乗せ、猫に対するように繰り返し首を撫でている夫人がいた。

〈ペット室〉では、狭い犬小屋にいっしょに入って、まるでつがいの犬のように戯れている夫人がいた。

呆然《ぼうぜん》としている小島を、瑠美は控え室に連れていった。

カウンターバーの隣にある控え室に、菅原がやってきた。

「お飲み物は何にいたしましょう」

「軽いカクテルでも作ってあげて。私はとびきりおいしいコーヒーが飲みたいわ」

「ではコーヒーをお入れします」

「私もコーヒーにしてくれないか」

小島は苦いコーヒーで頭をすっきりさせたかった。

「ふふ、当てられちゃったの？　素敵なお店でしょ？　いくらでも儲かるわよ。お客を制限しなくちゃならないほどなの。アンバーもこれくらい豪華な店にしてみるのもいいんじゃない？　ここをアンバーの出資にしなかったことを後悔してるんじゃないの？　儲けは私と緑川愛子が山分けだものね。ここももっと大きくしないと、入れない客がもうじきヒステリーをおこすわ」

「これだけのお店をお造りになったお嬢様には頭が下がります。ただ、若いホストたちの行為には納得いきません。こんなことが外に知られたら大変なことになります。それこそ、面白おかしくマスコミがとり上げるでしょう」

「売春もしてないし、ただのいかがわしいことと愛情あっての行為は別よ。会員制で客を選んでるし、彼女たちは世間体を考えて外に洩らしはしないわ。世間体というより、この空間を躰を張ってでも守りたいと思っているはずよ」

菅原がコーヒーを運んできた。

「長く勤めた銀座の店が閉店になり、不景気なこの時代に、あとはどうしようと考えていたとき、こんな素晴らしいお店に雇っていただけて夢のようです。ここは銀座の一流店にも負けません。アンバーの若社長の噂は本物でした」

菅原は溌剌としていた。

「羨《うらや》ましい……」

小島が洩らした言葉に、菅原は、えっ？　と聞き直したが、すぐに、カウンターが忙しいからと出ていった。

「彼の何が羨ましいの？」

「いいえ、彼のことではありません。若い衆のことです。私が彼らのように若かったら……こんな年寄りでなかったら……私も……思いのままに弄ばれてみたいものでございます……いえ、ほかのご主人には御免こうむりますが……あくまでもお嬢様だけに……」

小島は瑠美を見ず、コーヒーカップに視線を向けていた。

「あなたは今夜から、本宅に移りなさい」

「えっ？」

「私はアンバーの社長になったのよ。同じ敷地とはいえ、副社長が別の建物に住んでいたんじゃ、いろいろ面倒じゃないの。これから戻って、さっそく私の隣の部屋に移動なさい。ゲストルームだからバスもついてるし、困ることはないでしょ？　お手伝いには私から電話しておくわ。荷物は明日から運べばいいわ。最低限、今夜から本宅で休めるようにしておきなさい」

「お嬢様……」

同じ敷地で暮らせるだけでも幸せだと思っていたのに、瑠美の隣室で暮らせるという。小島の血は熱くなった。

君塚邸の瑠美の隣の部屋は十畳ほどだ。瑠美が帰宅すると、その部屋には小島のベッドが運ばれていた。

三ＬＤＫの離れに住んでいただけに、このひと部屋に全部の荷物が収まるわけはない。あとのものを運ぶには瑠美の判断を仰ごうと、小島はベッドとわずかの身の回り品しか運ばなかった。

「お疲れ様でした。こんな立派なお部屋に移るように言われ、どう感謝申し上げたらよいか」

「隣室だと、わざわざ電話で呼び出すこともないわ。今夜ここで寝られるわね」

「はい。ほかのものは明日から少しずつ。それより、アンバーの社長としての仕事だけでも大変というのに、あんなお店のオーナーにまでおなりになって、そのうち、お躰に無理がきます」

瑠美の隣室ですごせるという喜びはあるが、小島には瑠美の躰が心配でならなかった。

「おまえはアンバーの心配だけしてればいいの。ＳＰＩＲＩＴは私と愛子が勝手にやりはじめた店なんだから。そのうち、九分通り愛子に任せてしまうわ」

「そうなさいまし。あの方も大した事業家でいらっしゃるようですから大丈夫です」

「そうね。でも、私が消えると坊やたちが承知しないでしょうし」

瑠美はわざとそう言って小島を窺った。

「あの子たちはみんな私のペットよ。何でも言うことをきくし、どんなことでも喜んで受け入れるわ」

小島は複雑な顔をした。瑠美の魅力は十二分にわかっている。瑠美に興味のない男などいるはずがない。だが、SPIRITの男たちが若いだけに、自分の老いが哀しい。

「あの店で、若かったら思いのままに弄ばれてみたいものだと言ったわね。私にどんなふうに弄ばれたいって言うの？」

いきなりそう尋ねられても、小島にはどう応えていいかわからなかった。

若かったら……。あのホストたちのように若い躰を持っていたら……。そしたら……。

「あの子たちには客とのセックスを禁じてるし、アナルを触らせることも禁じてるの。だけど、私は自由に弄んでるわ。全員のアナルを調教して、疑似ペニスで後ろを犯したわ」

小島の驚愕《きょうがく》の顔に、瑠美は心地よさを感じた。

「だけど、年寄りのアナルなんか見たくもないわ。おまえはどうやって弄ばれたいの？」

細い小島の肩が喘いだ。

「おそばに置いていただけるだけで私は幸せでございます」

「役立たずのまま横にいるわけじゃないでしょうね。私のお部屋にきて、毎日肩でも揉みなさい」

小島はいそいそと瑠美の部屋についていった。これから毎日、瑠美の部屋に入ることができる。そして、瑠美の躰に触れることもできるのだ。

　瑠美は小島の前で、さっさと赤いスーツを脱いでいった。スーツの下は赤いインナーだ。赤といっても、ブラジャーにもハイレグショーツにもガーターベルトにも、黒い刺繍の縁どりがしてある。

「ああ……お嬢さまは……太陽より熱い炎のようでございます」

　いつか、離れに来た瑠美の足を舐め、ハイレグショーツごしの秘園に鼻をつけて匂いを嗅いだあの日のようだ。ただ、あの日の瑠美は黒いインナーだった。染みのあるハイレグショーツをやると言われ、置いていかれてから、小島は尊いものを拝むように、朝晩胸に押し当てている。

「肩だけじゃなく、手足も揉んで」

　瑠美はインナーのままソファにうつぶせた。

　これ以上の誉れはないと、小島はまず肩に手を置いた。シルクの肌だ。

「肩が凝りますか。このあたりですか」

　小島は肩の指をずらしていった。

「ばかね。私は若いのよ。肩なんか凝るわけないじゃない。いやらしいおまえが触りたがってると思うから、わざわざ揉ませてやってるんじゃない」

小島は指先に汗をかいた。そして、瑠美が情けをかけてくれていることに感謝した。

「離れの部屋で、私はあの日、お嬢様の奴隷になるとお誓いいたしました。こんな奴隷の私に、お隣の立派すぎるゲストルームをお与え下さり、どう感謝すればいいのか言葉もございません。残る人生は、精いっぱいお嬢様のためにお仕えいたします」

「役立たずの老いぼれにならないように、一日でも長く働けるように、その痩《や》せた躰を鍛えておくことね。ふふ、くすぐったい。凝ってないからくすぐったいだけよ。もういいわ。それより、朝からシャワーを浴びる暇もなかったから、きっと大事なところが汚れてるわ。おまえ、オクチでソコをきれいにできる？」

瞬間的に小島は秘園を浮かべたが、まさかと思い、こないだのように足を舐めさせてもらえるのかもしれないと考えた。

「お嬢様のお躰でしたら、どんなところでも舐めさせていただきます。震えるほどの光栄でございますから」

「どんなところでも？　ウォシュレットを使わなかった汚れたお尻でも？」

「もちろんでございます」

「まあ、汚い。そんなことをしたら、おまえのオクチを糸で縫いつけてしまうわ」

「何なりとなさいませ。無用とお思いなら命さえお奪いなさいませ」

小島にとって、瑠美は絶対的な神だ。

「汚れたココを舐めなさい」

瑠美はハイレグショーツを脱いでカーペットに放った。貴重なものを手にするようにそれを拾って傍らのテーブルに乗せながら、小島の心臓は破裂しそうだった。直接女園に触れられるということがまだ信じられない。ふいに耳が遠くなり、幻聴を聴いたのかもしれないとも思った。だが、瑠美の腰にすでにショーツはない。

「早く舐めなさい。臭くても知らないわよ」

仰向けになった瑠美は、ソファの縁まで尻をずらし、膝を立てて足をひらいた。

ショーツに押さえつけられていた濃い翳りが、ゆっくりと立ち上がってくる。女王らしい濃い翳りに目を凝らした小島は、さっきの言葉が幻聴でないと確信した。

「ああ、夢のようでございます。大御足《おみあし》を口に入れることができただけでも幸せでしたのに」

跨いだ小島は、翳りを舌でかき分けた。ショーツごしに嗅いだいつかの匂いよりかぐわしい女芯の匂い。その匂いに溶けこんで消えてしまいたくなる。

小島は勃起していた。

やわやわとした二枚の花びらを舌で確かめ、その脇の溝をなぞり、畏れ多くも肉の突起まで舐めた。

「おまえの舌は、本当にいやらしく動くのね。おまえはクンニをしてるんじゃないのよ。シャワーがわりなのよ。私のソコをきれいにするただの道具なのよ」

「十分に承知しております」

顔を離した小島の鼓動は激しく脈打ち、卒倒しそうなほどだった。

瑠美は片足を小島の股間にやった。

「あ……」

「いつかみたいにまた大きくなってるじゃない。いやらしい道具ね。ズボンを脱いでごらん。年寄りのペニスがどうなってるか見てあげる」

「それは……お嬢様」

「脱ぎなさい！」

瑠美の一喝で小島は背を向けてズボンを脱ぎはじめた。

「下半身だけ脱いで可愛いのは若い子よ。全部脱ぎなさい。年寄りの下半身だけなんか見たくはないわ」

「申し訳ございません……」

毎日若くきれいな男たちと接している瑠美は、自分のような醜い躰を見て愛想を尽かしてしまうかもしれない。服を脱ぎながら小島は不安だった。だが、命じられたからには拒むわけにはいかない。

「こっちを向きなさい」

素裸になってしまってもじっとしている小島に、瑠美が催促した。

小島は痩せた躰を反転させた。茂みから堅くなった肉茎が異様と思えるほどに立ち上がっている。

「まあ、いい年してピンピンしてるじゃない。もっとも、九十過ぎても子供を作れる男がいるんだもの。世界記録は今のところ、インド人の九十四歳とか。七十歳のおまえが勃たないはずはないのよね」

結婚もせず、女もいそうにない小島の器官が健康であることが不思議だ。

電話が鳴った。

「はい、君塚です」

「おう、俺だ」

「俺って誰よ」

哲志の声に、瑠美は嬉しくもあり、いら立たしくもあった。すぐに受話器を押さえ、

「ココをきれいになさい」

足をひらいて小島に秘芯を指した。

「相変わらず冷たいな。朝比奈哲志坊ちゃんだ」

「どうせたいした用じゃないでしょうに、こんな時間に図々しい人ね。帰宅しても私は多忙なのよ。お手伝いに説教しておかなくちゃ」

小島が股間に頭を埋め、瑠美の花びらの脇を舌で滑りはじめた。

「つながないと一週間以内におまえをレイプすると言ったんだ。すると、お手伝いが慌てた口調で、つなぐからそれだけは勘弁してくれと言った」

「ばかなことばかり言って。いま忙しいの。つまんない話ならまたにして」

「SPIRITとかいう女のための館は緑川の女房と共同出資らしいな」

「あら、知ってたの？」

「当たり前だろ。豪華だと評判だぜ。男は入れないというんで、よけい噂になってる。そんな豪華な奴を俺と共同出資してやらないか」

小島の生あたたかい舌がくすぐったい。ときおりピチャピチャと猥褻な音までする。

「くふっ。あなたとなら面白そうね。まあ、これからの話し合い次第よ。男と女の関係より、実業家同士の関係の方がステキじゃない？　くふふっ」

「女と男の関係も捨てがたいぜ。だけど、今夜は少しおかしいんじゃないか」

「野良猫を拾ってきたのよ。ちょっと年寄りだけど、私の躰を舐めまわすの。くすぐったいったらありゃしない」

「どんな猫やら見てみたいもんだ。どうせ、ぶ厚い花びらをしゃぶるのが好きなオス猫だろう」

哲志は相手が誰かわからないまでも、男がいることを悟ったようだ。だが、動揺を悟られまいとしている。

「あさってどう？ あなたとなら、何か面白い事業でもできそうね。ともかく、いまは忙しいの。あした、朝いちばんに会社にかけてきて」

瑠美は受話器を置いた。

哲志も捨てがたい男だ。けして奴隷やペットになり得ない男。獣の匂いのする男。だから、これからもつき合っていくだろう。だが、けして瑠美は哲志に組み伏されることはない。そして、哲志もけして瑠美に従うことはないはずだ。

ペチョペチョと音をさせながら、小島は電話など聞こえていなかったように、ただ熱心に秘所を舐め続けている。

「もういいわ」

蜜でまぶされた顔を上げた小島の股間は、相変わらず雄々しく屹立していた。

「私のショーツをとって」

小島は捧げ持つようにして差し出した。

赤いショーツをとった瑠美は、それを小島の剛直にかぶせた。

「いつまでこんなみっともない姿をしてるの？　タマタマの中にいっぱいいやらしいものが詰まってるんでしょ。とっとと出しなさい」

肉茎をショーツごしにギュッとつかんだ。

「ああ、お嬢さま……光栄でございます。美しい御手で汚らわしい私のものを握っていただけるとは。ああ、お嬢様」

強い力で肉棒をしごかれたとき、小島はたちまち昇天して果てた。ショーツの二重底を精液が汚した。

「汚れたそのショーツはもう使いものにならないからおまえにあげるわ。でも、明日から私のショーツはおまえがその手で洗濯なさい。女の下着は高価でデリケートなの。上等の洗剤でやさしく洗うのよ」

「もったいのうございます」

肉体のエクスタシーのあとで、小島は新たに与えられた名誉の仕事に、魂のエクスタシーを感じて打ち震えた。

3

ＳＰＩＲＩＴのホストたちは、夜の五時間を客のためではなく、瑠美と愛子のために一心に働いている。毎日予約なしでは入店できないほどの盛況ぶりだ。ホストを増やすことができたら、二交代制で朝までやる計画だ。

ホストが足りないくらいだが、彼らに休暇は十分に与えている。三日出て一日休みだ。学生ばかりなので勉強がおろそかにならないようにという配慮だ。学業成績が悪ければ馘首《かくしゅ》すると言ってあるので、みんな必死に勉強しているようだ。

休みの日のホストと、瑠美はわずかな時間でも、個人的に呑みにいったり食事したりするよう心がけている。ペットを可愛がるのは当然だ。食事のあとは時間があれば、愛子とホストたちを調教したマンションでひとときをすごすことが多い。

英史はそのマンションで、瑠美の乳首を吸い上げながら鼻をすすり上げていた。すすり泣きが嗚咽《おえつ》に変わっていく。

「何を泣いてるの。泣きやまないと怒るわよ。不満があるなら言いなさい」

英史の肩を押しのけると、またしがみついてくる。

「好きだ……好きだ……」

「だったらどうして泣くの。ちゃんと可愛がってあげてるじゃないの」

「僕だけを愛して……僕をいちばん好きだと言って」

SPIRITの男たち全員が瑠美と愛子に心と躰を預けているとわかり、英史は苦しくてならない。

「何度言ったらわかるの？　誰より自分がいちばん愛されていると信じなさい。信じられないの？」

「僕に鎖をつけてここに繋いでよ。ここで飼ってよ」

「与えられたお仕事をしたくないってこと？　SPIRITでお客様に気に入られるように働くことがいまの私の望みなのよ。英史がはるかという男になって一生懸命働いてくれるから、こうやってふたりきりになって可愛がってあげてるんじゃないの」

「僕に瑠美さんのものだって印をつけて。瑠美って名前を書いて。刺青《いれずみ》だったら消えない。お願いだよ」

店では白い軍服姿も凛々しい英史が、赤子のように泣いている。抱きしめて殺してしまいたいほど可愛い。

「ほかの子も同じことを言うかもしれないわね。印なんか何になるの。たとえ全身に私の名前を彫りこんでも、英史の気持ちが揺らいだら、印なんて虚しいものよ。オツムのいいあなたが、どうしてそんなことがわからないの」

「わからないよ。そんなことわからないよ。僕に印をつけて。お願いだよ」

泣きながら駄々っ子のように瑠美の躰を揺する英史に、瑠美は愛子と話したピアスのことを脳裏に浮かべた。

女がしていたピアスを男もするようになり、いまでは耳だけでなく、ラビアや臍や鼻、口……とあらゆるところに、ファッションとしてピアッシングする時代になった。男でも性器にピアッシングする者もいるくらいだ。時代は確実に変化している。

『ペニスとかタマタマにピアスする男って、やっぱりMかしら』

『Mとは限らないでしょ。女に随喜《ずいき》の涙を流させるためにするSだっているでしょうし』

『ピアスじゃないけど、昔から男はアソコに真珠入れたりしてたんでしょ。恐いお兄さんでしょうけど』

『ふふ、真珠ね。そんな男と一度してみたいわね』

そんな他愛ない話だった。

「英史、泣くのはやめなさい。私を怒らせると恐いわよ。ほっぽり出して二度と相手にしないわよ」

しゃくり上げている英史はすぐに泣きやむことができず、肩を激しくひくつかせた。

「英史のタマタマにピアスをつけましょうか。ペニスでもいいわよ。小さくて可愛いタマタマにリングをつけて、ときどき鎖をつけて引っ張りたいの。どう？　恐いならイヤだって言いなさい。そして、二度と印をつけたいなんて言わないことね」

鼻をすすり上げる英史が、泣きはらした赤い目で瑠美を見つめた。

「ピアス……ほんとに……つけてくれる？」

「お耳じゃないのよ。このタマタマによ」

瑠美は広樹よりずっと小さな英史の皺袋を握った。

「ピアスして……ソコにして……すぐにして」

哀願する英史は瑠美を抱きしめて肩を震わせた。

瑠美は愛子に電話した。ピアスのことは愛子の方が詳しい。愛子は声を弾ませ、私たちの手でしてあげましょうよと、いとも簡単に言った。道具を揃えてくるから二時間待ってくれと言う。

英史の玉袋へのピアスが現実になると思うと、瑠美は時間がたつうちに昂ってきた。脅すつもりで口にしたことが現実になる。英史の自分への執着が大きいだけ、瑠美も英史が可愛くてならない。それは、もっと虐めたいという欲求に繋がっていく。

愛子は二時間を少しオーバーしてやってきた。

「遅くなってごめんなさい。でも、道具はバッチリ用意してきたから。英史、瑠美を困らせたのね。後悔してもダメよ。悪い子はうんと痛いめにあわせてあげるから。もう一度シャワー浴びて、きれいにしてらっしゃい」

英史をバスに追いやった愛子は、瑠美とピアッシングについて話し合った。

「ペニスと袋のどちらにするかは、瑠美が袋って言ったから、私もいろいろ考えたけど、そこでいいと思うの。ほんのちょっとした装飾の意味で」

「ええ、ペニスにはまださせたくないの。そのうちペニスを貫いてくれって言うようになりそうだけど、そう簡単にご褒美をあげるわけにはいかないわ」

そのままの英史がいい。虐めたくなるのはいつものことだ。だが、十九歳の英史の躰に手を入れるのは早すぎる。瑠美はイヤリング感覚で、少しだけ英史を飾りたかった。

「ペニスのピアスは、亀頭にとか、根元にとか、尿道から亀頭に向けてとか、いろいろあるでしょ。やりはじめたらキリがないものね。私もまだそこまで突っ走りたくないわ。英史には袋のピアスで十分と思うの。リングがゆらゆら揺れるだけで可愛いと思うわ」

愛子は銀色に輝く直径一・五センチほどの細めのビーズリングを出した。

「これにしていいでしょ？　大きすぎても可愛くないし、もう少し大きい方がいいなら、そのうちつけ替えればいいんだし」

「これでいいわ」

瑠美も大きさに納得したところで、愛子は穴をあけるピアッシング用の針や消毒液、抗生物質の軟膏《なんこう》や、貫通したピアスを閉じるときの専用のペンチなどをステンレスの器に並べていった。

「失敗しないでしょうね」

何の不安も感じていないような愛子の度胸に感心しながら、瑠美は英史の皺袋がパンパンに腫れ上がらなければいいがと思った。

「オチ×チンもフクロも耳も、みんな同じと思えばいいのよ。耳にピアスをするために、よく友達同士であけっこするじゃない。私は上手いからって、よく頼まれたものよ。オチ×チンなら私も慎重になるけど、フクロなら何とかなると自信があるの」

素裸で風呂に消えた英史が、腰をタオルで隠して出てきた。

「どうして隠してるの？　タオルはどけなさい。これを英史のフクロにつけてあげるんだから」

消毒ずみのリングの入った袋を、瑠美は英史に見せた。英史の肉茎がたちまち反り返った。

「でも、我儘な悪い子だから、うんとお仕置きしてからよ。ワンちゃんになって、こっちにお尻を向けなさい」

その姿を命じられるだけで興奮してしまう英史は、瑠美に小さな白い尻を向け、四つん這いになった。

「膝を離して！」

閉じた膝がひらくと、尻肉の狭間に皺袋が見えた。無傷の袋が揺れている。その玉袋にピアスをするのだと思うと、瑠美の嗜虐の血が騒いだ。

「ペットのくせに、自分から印をつけてと言うなんて、何て我儘な子なの！　いくらお仕置きしてもわからないのね！」

力いっぱい尻たぼを打ちのめした。

「あうっ！」

激しい肉音と同時に、英史がつんのめった。

「何してるの！　しっかり踏ん張ってなさい！　そんなことじゃピアスはお預けよ」

二打めを与えた。

「ヒッ！」

またつんのめりそうになった英史が、何とか耐えて踏ん張った。

これだけ力を入れたスパンキングになると、掌はヒリヒリした。ヒリヒリからジーンとした感じになっていく。英史が色白なだけ、右の尻たぼは真っ赤だ。

「どう？　少しは痛い？」

「痛い……」

英史の声が掠れている。

「ピアスはもっと痛いかもしれないわよ」

脅したあと、今度は左を二回打擲した。

「あう！」

英史の総身が大きく震えた。

「もういいわ。ベッドに横になりなさい」

スパンキングの痛みに目尻に涙をためた英史は、拳でそれを拭ってベッドに上がった。

瑠美は英史の尻にクッションを三枚差しこんだ。ずいぶんと尻が上向きになった。

「アンヨをもっと大きくひらきなさい」

瑠美の言葉に、英史の足はMの字になった。

「あらあら真っ赤なお尻になっちゃったわね。でも、英史はペンペンされるの大好きだものね」

これだけ手形がついているとなると、瑠美の手も相当ひりついているはずだ。そんなことをおくびにも出さない瑠美が、愛子はおかしくてならなかった。

「お仕置きされたあとはピアスよ。フクロを消毒するから冷たいわよ。瑠美、邪魔っ気なオチ×チンをお願い」

瑠美は勃起しているペニスを握って腹にくっつけた。

ゴム手袋をした愛子が、玉袋を丁寧に消毒綿で拭いていった。

「あぁう……」

ふたりに拘束されて弄ばれているようで、ますます英史の肉柱は堅くなった。ふたりに自由にされる幸せは言葉などでは表せない。

「英史、まずこの太いニードルでフクロを突き刺すのよ。そして、このリングを通していくの。タマタマは刺さないようにするけど、それでも痛いわよ。麻酔なんかしないのよ。いまさらイヤだって言ってもダメよ」

目の前に頑丈な針を突き出され、英史は総身を粟立《あわだ》たせた。未知の痛みが恐い。自分から印をつけてくれと哀願していながら、望みと裏腹に恐怖でいっぱいになった。

「お願いしますは？　挨拶もできないの？」

瑠美は英史のそそけだった皮膚を見ながら、手の中でわずかに萎縮した肉根に小気味よさを感じた。

「お……お願いします」

英史の声は震えている。いまにも泣き出しそうな顔だ。

「いまね、フクロのどこにしようかと考えてるのよ。ペニスの真下にしようか右の方にしようか、それとも左のここらへんがいいかって」

愛子はわざとピンセットの先で皺袋のあちこちをつついた。

「ああ……あう……」

内腿と鼠蹊部《そけいぶ》が滑稽なほどブルブルと震えた。

「真ん中より、お洒落にちょっと右の方が希望なんだけど」

「ここあたり？」

「ええ、そこがいいわ」

自分の躰に刺すピアスでありながら、英史には意見を言う資格はまったくなかった。

ピアスを刺す部分の入口と出口の二カ所にペンで印がついた。

「動いたらタマタマを刺しちゃうかもしれないわよ。絶対に動いちゃダメよ」

「動かないようにベッドの縁を握ってなさい。それから、タオルも嚙んでた方がいいかしら」

瑠美は震えている英史の唇にタオルを押しこんだ。

恐怖に引きつった英史の顔はいい。瑠美も愛子もゾクゾクした。瑠美は縮んだ肉根を、しっかりと腹に押しつけた。愛子は軟膏をニードルと袋に塗り、左手で袋をつまんで右手のニードルを近づけた。

英史の全身からぬらぬらした汗が噴き出した。内腿が小刻みに震えている。

たとえ動かれても大事な玉を刺さないようにと、愛子は一気に皺袋にニードルを突き刺し、一センチ先から針を出した。

「ぐ……」

タオルを嚙みしめた英史の躰が硬直した。脂汗が噴き出した。

「動かないのよ。これからピアスを入れるんだから」

ニードルの尻にビーズリングを押しつけ、ニードルの動きといっしょにリングを押し進めていく。針が体外に出てしまったとき、無事リングも頭を出した。専用ペンチでピアスを閉じ、皺袋へのピアッシングは完了した。

「坊や、終わったわよ」

愛子の言葉に瑠美も息を吐いた。

「愛子、素晴らしい腕だわ。興奮したわ。今度は私の手でやってみたいわ」

瑠美は愛子を誉め、英史の口からタオルをとった。

「ほら、英史、見てみなさい。可愛いリングがついたわよ」

鏡で玉袋を映して見せた瑠美に、英史は嗚咽した。ニードルで突き刺されるときの痛みがまだ残っている。だが、そんなことで嗚咽しているのではない。なぜか哀しくて、辛くて、それでも嬉しくて、大きな喜びに満たされている。自然に泣いてしまう。

瑠美に出会って、ペットにされ、ふたりに印をつけられた最高に幸せな男。英史は泣かずにはいられなかった。

「英史、何が哀しいの？　こんなステキなプレゼントされて」

瑠美は英史の頭を撫でた。

「ふふ、これもつけてあげるわ」

愛子が小さな鈴をリングにつけた。

嗚咽する英史の震えに合わせ、鈴がチリチリと可愛い音をたてた。

「英史は最高のペットよ。オクチにキスしてあげるから泣きやみなさい。泣きやんだら、足腰立たなくなるまで、ふたりで後ろを犯してあげるわ」

瑠美は女の子のようにぷっくりした英史の唇に、はじめて唇をつけてやった。

英史は泣きながら、瑠美の唇を赤子のように吸い上げた。

愛子はリングにつけた鈴を指先で揺らした。それから、ゴム手袋をしている指を一本、菊蕾にねじこんだ。

「くううっ……」

萎えていた英史の肉茎がようやく勃ち上がってきた。

この作品は二〇〇六年三月双葉文庫に所収された『魅惑の女主人』を改題したものです。

女《おんな》主《しゅ》人《じん》

藍川京《あいかわきょう》

平成24年12月10日　初版発行

発行人――石原正康
編集人――永島賞二
発行所――株式会社幻冬舎
〒151-0051東京都渋谷区千駄ヶ谷4-9-7
電話　03(5411)6222(営業)
03(5411)6211(編集)
振替00120-8-767643

印刷・製本―図書印刷株式会社

装丁者――高橋雅之

検印廃止

幻冬舎アウトロー文庫

ISBN978-4-344-41959-9　C0193　　O-39-25

幻冬舎ホームページアドレス　http://www.gentosha.co.jp/
この本に関するご意見・ご感想をメールでお寄せいただく場合は、
comment@gentosha.co.jpまで。